KB000527

SoulmateUB Zeph 3:17

" 당신은 당신이라는 이유,

그 하나만으로 특별합니다. "

실컷 울고나니 배고파졌어요

지은이 전대진
그린이 허안나
펴낸이 임상진
펴낸곳 (주)넥서스

초판 1쇄 발행 2020년 4월 1일
초판 12쇄 발행 2020년 12월 15일

2판 1쇄 인쇄 2021년 6월 28일
2판 1쇄 발행 2021년 7월 2일

출판신고 1992년 4월 3일 제311-2002-2호
10880 경기도 파주시 지목로 5 (신촌동)
Tel (02)330-5500 Fax (02)330-5555

ISBN 979-11-6683-114-0 03810

저자와 출판사의 허락 없이 내용의 일부를
인용하거나 발췌하는 것을 금합니다.

가격은 뒤표지에 있습니다.
잘못 만들어진 책은 구입처에서 바꾸어 드립니다.

www.nexusbook.com

사는 게 버거운 당신에게 보내는 말

실컷
울고나니
배고파졌어요

전대진

넥서스BOOKS

내일이 더 기대되는 당신,

_____ 에게 전합니다.

프롤로그

사람과 사람이 만나면 헤어지고
헤어지면 결국 또 만나는 법이다.

그 사람이 아니면 안 될 것 같은데
어느새 잊고 새로운 인연을 만난다.

초상집에서도 계속 울면 눈물이 마르고
결국 똑같이 배고파지고 밥만 잘 먹더라.

죽을 만큼 힘든 순간도
영원할 것만 같은 순간도
빨리 지났으면 하는 이 순간도
곧 지나가기 마련이다.

그 순간에 충실했다면 된 거다.
상황이 변하듯, 사람은 변한다.

주어진 매 순간에 충실했다면
'변화'된 거지, '변함'이 아니다.

우리는 그렇게 변화되며 살아간다.
치열한 현실에 적응하며 살아간다.

힘들다면 그냥 실컷 울자.
실컷 울고 나면 배고파진다.

힘들면 실컷 울자.
내일의 해는 뜬다.

이제 안 참아도 된다.
충분히 잘 견뎌왔다.

걱정하지 말고
더 행복해지자.

목차

너굼스토리_ 너구리
너굼스토리_ 신라면

좋은 사람만 만나자

그래도 좋은 마음으로
내 사람들에게 고맙다
내가 그 사람 잘 아는데
갈수록 어떤 사람?
자기 살기도 바쁜 세상에
동정과 축하
내가 왜 듣고 있지
때려치우고 싶다
하고 싶은 거 하나쯤은 하고 살자
그게 중요한 게 아닌데
남에게 존중받고 싶다면
사람은 왜 이럴까
나 좋다는 사람 만나요
박수는 아니더라도
사람에게 기대하지 말 것
받아본 사람이 줄 수 있어
너 하고 싶은 거 다 해
내가 좋아하는 사람,
나를 좋아해주는 사람
인간관계에서 알아둬야 할 메시지
아껴주다 죽는 나무
사람에게 의존하지 말자
발암 캐릭터 3인방
쉽게 잘해주지 말자

남을 깎아내리면
거울을 보며 안경을 쓰고
총은 몇 방 맞아도 똑같이 아파
솔직한 것과 개념 없는 것
그럴 사람 아니야
기프티콘, 이모티콘
남의 시간, 돈 우습게 보지 마요
맡겨놓은 것 있어요?
내가 사달라고 한 적 없잖아요
사과를 하든 반성을 하든
인생 노트
관계가 유지될 수 있는 이유
돈
오지 않는 답장
부재중 전화
마음은 마음으로 안아줘야 한다
타인에게 충고하려는 사람의
세 가지 자격
정직과 솔직, 인격과 성격

너의스토리_잘살자

모든 순간이 나였다

왜 나에게는 못했을까
모든 순간이 나였다
내 마음을 몰라줄 때
쉬운 게 없다
머리로는 알겠는데
시간은 빠른데, 하루는 길어
동네북
내 맘대로 못해서 슬퍼
말을 말든지
아프면 나만 손해다
외로움에 익숙해진 나
고독과 외로움
나는 중요한 사람이다
잘하고 싶은데 안 될 때
사람이 어쩜 그래
나 자신으로 살자
힘들 때 가장 먼저 생각나는 사람
나에게 필요한 것들
늘 좋을 수만은 없겠지
자신감/우월감, 겸손/열등감
탈출
마지막에는, 결국에는

행복 스위치
부족해서 행복하다
내가 봐야 할 곳을 보면서 살자
내일이 더 기대되는 너
내 삶의 온도는 내가 결정하면 좋겠다
자신을 사랑한다는 것은
더 좋은 날, 더 좋은 나
그냥 뛰어, 가슴은 따라 뛰니까
상처는 스토리가 되고

너의스토리_자신감

네 잘못 아냐
빛나는 사람
제일, 유일
말의 힘
박수 쳐줘야 할 사람
한 사람만 있으면 돼
꽃들도
괜찮아
결과보다 과정이야
나는 그저 나로
남 눈치 보지 마요
나라고 못하란 법 없다
버티는 건 약자가 아냐
새는 떨어질 것을 알고도 날개를 움직인다
정작 자신은 몰라
좋은 일은 선물처럼
지금 이 순간
충분히 잘하고 있어
해 뜰 날이 온다
행복했으면 좋겠어
끝나봐야 안다
원래 사는 건 힘들다
특별한 목적

살아 있으니 의미 있는 거다
인생의 겨울을 먼저 보낸 사람
아니까 못 내려놓지
내 인생에도 곧 해 뜰 날이 온다

너굴스토리 _ 행복

생각하는 대로 된다 201

이 순간을 살아가자 263

너알스토리 _지금

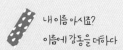

내 이름 아시죠?

이름에 감동을 더하다

농부가 자기의 밭을 대하는 심정으로 삶이라는
밭에 씨를 뿌린다면 모든 순간이 의미가 있다.
지금의 나는 내가 과거에 뿌린 씨앗의 열매
이다.
내가 오늘 무엇을 뿌리느냐에 따라 훗날 내 삶
에 맺힐 열매가 달라진다.

 심어야 거두고, 심은 것을 거두고, 심은 만큼 거
둔다.
내게 주어진 삶이 귀한 만큼 오늘을 정성스럽게
살자.
눈물을 흘리며 뿌린 씨앗은 머지않아 반드시 풍성
한 결실로 돌아오고, 내게 커다란 기쁨을 안겨줄
테니까.

살아 있다는 느낌

당신은 용기 있는 사람이다

절대 포기하지 마세요.
당신은 있는 그대로 아름답습니다.
닉 부이치치

나름 한다고 했는데도
사는 게 왜 이렇게 힘든지,
내가 똑바로 잘 하고 있는 건지
내가 앞으로 잘 해낼 수 있을지
그런 의심이 드는 순간이 있다.

나름 한다고 했는데도
기대한 것에 한참 못 미치는 결과가
돌아올 때면, 내가 나 자신에게
실망해서 그 실망감은 다시 시작할
용기를 갖지 못하게 만들 때가 있다.

나름 한다고 했는데도
아직 미숙한 나에게 처음부터 너무
많은 걸 요구하는 사람들로 인해서
기가 죽고, 그들의 기대에 한참 못
미치는 것 같아 사람 앞에 설 용기가

나지 않을 때도 있다.
나름 한다고 했는데도
한 고비 넘겼다 싶었더니 또다시
인생의 문제가 파도처럼 밀려올 때면
내일을 향한 설렘과 기대보단, 내일이
두려움과 불안으로 가득해져서 오늘을
열심히 살아보겠다고 결심할 용기도
힘도 도저히 남아 있지 않을 때도 있다.

이렇게 나약하고, 무기력하고, 실수하고,
날마다 무너지고, 넘어지는 나 자신이
과연 앞으로 잘 해낼 수 있을까 두려워
하고 있다면 이 사실을 꼭 기억하자.

두려움을 전혀 느끼지 못하는 게 아니라
두렵지만 그럼에도 불구하고 다시 한 번
더 해보는 게 '용기'라는 걸. 당신은 지금껏
하루하루 더 용감해져왔다는 걸 기억하자.

작은 용기를 발휘하는 법을 하루하루 연습하며
당신은 오늘보다 내일 더 강해질 것이다. 그러니
실망하지 말자. 당신은 충분히 용기 있는 사람이다.

나 또한 누군가에게는

상반되는 성격을 가진 사람들을 보면,
자신의 내면을 들여다봐야 한다.
공자

'이런 사람은 만나지 마라.'
'이런 사람과는 거리를 둬라.'
이런 식의 글들을 보다 보면, 예전에는
나에게 부정적인 기억으로 남은 사람이
바로 바로 내 머릿속에 떠오르곤 했다.
그래서 공감이 됐는데, 언제부턴가
문득 이런 생각이 들 때가 있다.

"그렇게 다 잘라내고 나면, 내 주변에
아무도 남아 있지 않으면 어쩌지?"

"나도 누군가에게 그런 사람이 아니었을까?"

이런 사람을 만나지 말라는 말을
뒤집어보면 그런 모습이 내 안에는
없었는지 돌아보게 된다.

사람은 완벽할 수 없다.

누구나 부족한 게 있다.

누구나 실수할 수 있다.

하지만 그것은 나에게도 적용되고,

남에게도 적용되는 말이지 않을까?

넘어져서 아플 때

진정으로 웃으려면 고통을 참아야 하며,
나아가 고통을 즐길 줄 알아야 해!
찰리 채플린

당신이 지금 가만히 있지 않다면,

당신 나름대로 한다고 했는데도

기대한 결과가 나오지 않았다면

충분히 실망하고 풀이 죽을 수 있다.

진심이었을수록 실망도 큰 법이니까.

괜찮다. 이상한 게 아니다.

사람은 충분히 그럴 수 있다.

그런데 많은 사람들이 결과만 보고

과정 전체를 판단해버리는 때가 있다.

물론 결과도 중요하지만, 인생 전체에서

앞으로 치러야 할 무수히 많은 일 중에서

단 하나를 '아주 잠시' 실패했을 뿐이다.

결과가 당신 마음에 들지 않는다고 해서

그 결과가 곧 당신 자체인 건 아니다.

그게 당장 나오라는 법도 없지 않은가.

성공은 좋은 선택의 결과라고 한다.
좋은 선택은 안 좋은 선택들을
많이 해봐야 할 수 있는 것 아닐까?
결국 성공은 안 좋은 선택과 실패를
많이 겪어봐야 할 수 있다는 말이 된다.

당신이 지금 품고 있는 당신 자신에 대한 잘못된 생각과
섣부른 진단과 결론이 당신 자체가 아니라는 걸 기억해야 한다.

어떤 사람이 넘어지는 줄 아는가?
열심히 달리는 사람이다. 그리고
열심히 고민하는 사람이 생각하다가
돌부리에 걸려서 넘어지는 법이다.
앉아 있거나 누워 있는 사람에게는
도저히 일어날 수가 없는 일이다.

어쩌면 넘어지는 것도 '특권'이다.
다음에는 똑같은 문제에 또다시
넘어지지 않을 수 있는 지혜로운

경험을 값을 치르고 배운 것이니까 말이다.

넘어져서 아프다는 건,

그만큼 열심히 달렸다는 증거이고,

그만큼 인생에 진심이라는 증거다.

당신은 충분히 멋지고, 잘 살고 있다.

불편한 상황에 놓였을 때

인생은 고통입니다.
그냥 받아들이세요. 인생은 원래 그렇습니다.
제발 피해자인 척하지 마세요.
어떻게 인생의 고통을 극복할까요?
더 나은 사람이 되는 것입니다. 그게 방법입니다.
조던 피터슨

내가 원하지 않은 상황에 놓여서

그곳을 벗어나고 싶어도 벗어날 수 없고

하기 싫은 일들을 억지로 해야 하고,

만나기 싫은 사람들을 억지로 만나야 하는

그런 불편한 상황에 놓일 때가 있다.

그럴 때는 도망치지 말자.

도망쳐서 도착한 곳에 천국은 없다는 말이 있다.

그 상황과 문제, 사람으로부터 도망치면

내가 도착한 곳에는 이전보다 훨씬 더 크고

한 술 더 뜨는 문제와 사람들이 기다리고 있다.

그러니 불편한 상황에 놓였을 때는

왜 불편한지 잘 생각해보면 좋겠다.

사실, 인생이 마냥 내가 편한 대로만

흘러가야 한다는 법은 꼭 없는 거잖은가?

그 불편함 속에서 내가 얻을 수 있고,
내가 배울 수 있는 걸 배우면 나는 오히려
그 문제를 통해서 더 나은 사람으로 성장
하는 거다. 그럼 나중에 똑같은 문제가
닥쳐도 더 이상 문제가, 문제가 아닌 게
되는 거다. 10kg이 무겁다고 내려놓으면
절대 20kg을 들 수 없다. 당신을 향해서
무거우면 내려놓으라는 듣기 좋은 말을
하는 사람들은 자기가 들어주지도 않을 거다.
어느 누구도 나 대신 그걸 들어주지 않잖은가?
내 인생은 결국 내가 책임지는 거다.
그게 진짜로 나를 사랑하는 거고,
인생의 주인으로서 사는 거잖은가?

더 이상 도망치지 말자.
기꺼이 인생의 링 위에 올라서자.
복싱 챔피언은 모든 펀치를 다 피하는 사람이
아니라 펀치를 가장 많이 맞아본 사람이다.
많이 맞는 과정에서 강한 맷집이 생긴다.

인생의 링 위에서 문제와 마주하고,
부딪히면서 '인생의 맷집'을 키워가자.
그리고 언젠가 역전의 카운터펀치를
한 방 먹이는 거다.

잘 쉬어야 더 잘 돼요

현실을 완전히 잊어버리고 도피하는 것은 부정적인 일이지만,
긴장을 풀고 휴식을 취하면서
모든 일이 좋아질 것이라는 믿음을 다지는 것은
매우 긍정적인 휴식이 될 수 있다.
스펜서 존슨

사람들은 멋진 몸매를 가지고 싶어 한다.
나도 날씬하고 멋진 근육질의 몸을 갖고
싶어서 열심히 운동하고 식단 관리를 했다.
그런데 바쁘다 보면 잠을 늦게 자거나
몇 시간 제대로 못 잘 때가 있었다.

트레이너가 말하길,
차라리 운동을 줄이고, 잠을 제시간에 자란다.
나는 바쁜 시간을 쪼개서 운동을 하려고 한 건데
'잠 좀 덜 자면 어때?'란 생각을 했다. 그런데
그게 아니었다. 그건 내 몸을 상하게 만드는 일이다.

근육이 언제 자라는 줄 아는가?
나는 무거운 걸 들고 운동할 때
근육이 자라는 줄 알았다. 그런데
근육은 사람이 잘 때 자란다고 한다.

운동할 때 반복되는 동작을 하면서
근육이 상처를 입었을 때, 그 상처를
회복하면서 근육이 커지는 거다.

그 회복이 일어나는 시간이 바로 '잠자는 시간'이다.
사람이 잠을 자는 동안에 상처 입은 단백질을 분해하고
다시 재생시키면서 새로운 세포로 교체하는 작업이 이루어진다.
잠을 못 자면 그런 작업이 잘 이루어지지 않기 때문에 몸에
염증이 생기고, 노화가 되고, 심지어는 그게 암이 되는 거다.
쉬어야 할 때 쉬지 않고 계속 달리면 그렇게 되는 거다.

인생도 마찬가지다.
사람이 언제 '더 나은 사람'으로 성장할까?
일하는 순간에는 그냥 그 일을 하는 거지,
일 자체로 성장이 일어나는 건 아니다.
쉬어야 할 때 쉬지 않고, 상처를 돌보지 않으면
그게 결국 나를 더 아프게 만드는 지름길이다.

충분히 쉬어라. 쉬면서 스스로를 돌아볼 때,
반성도 하고 결심도 하는 시간을 가지며
과거에서 배우며 스스로 교훈을 얻고, 미래에
대해 계획을 세우고, 그것을 바탕으로 현재에
충실할 때, 보다 '더 나은 사람'이 되는 거다.
그러니 잘 쉬어라. 그럼 더 잘 된다.

늘 좋은 사람일 수는 없다

겁쟁이는 사랑을 드러낼 능력이 없다.
사랑은 용기 있는 자의 특권이다.
마하트마 간디

항상 좋은 사람으로 있어주고 싶은 사람이 있다.

항상 좋은 기억으로 남고 싶어지는 사람이 있다.

그 사람에게는 좋은 모습만 보여주고 싶을 거다.

하지만 좋은 모습도 나고, 내가 생각하기에

상대적으로 안 좋은 모습도 엄연히 나잖은가?

그 모습이 상대방이 보기에도 안 좋은 모습일지는

그건 그 사람만 아는 거다. 어쩌면 내가 나 스스로를

힘들게 만들고 있는 건지도 모른다. 설령 나의 어두운

모습이 그 사람에게 실망을 안겨줄 수도 있다.

그래서 그 사람과 거리가 멀어질 수도 있다고 치자.

그러면 그게 누구 잘못일까?

사람은 완벽할 수 없지 않나?

그건 나도, 그도, 모두가 마찬가지다.

그럴 수도 없고, 기대해서도 안 된다.

애초에 불가능한 걸 스스로에게도,
남에게도 요구하고 기대해선 안 되는 거다.

내 안 좋은 모습을 보고 떠나갈 사람이었다면
그 사람은 '사람'이 아니라 '성자'를 바란 거다.
그 사람이 나 자체를 좋아해주는 사람이었다면
내 부족한 모습마저도 이해하려고 노력할 거다.

그가 나를 이해하려는 노력을 하지 않는다면,
마찬가지로 내가 그를 이해하려는 노력을
하고 싶지 않다면…

그와는 더 이상 진실된 관계를 이어갈
의미가 없는 게 아닐까? 그런 관계에 서로의
소중한 시간과 에너지를 쏟을 이유가 있을까?

그러니, 일부러 좋은 모습만 보여주려고 하지 말자.
그렇다고 일부러 안 좋은 모습을 보여주지도 말자.
그냥 물 흘러가듯이 자연스럽게 사람을 대하면 된다.

내가 나에게, 내가 남에게 줄 수 있는
최고의 선물은 바로 '나 자신'이니까.

당신 선택이 당신에겐 정답이다

멈추지 않는 이상,
얼마나 천천히 가는지는 문제가 되지 않는다.
공자

똑같은 꿈을 품은 세 사람이 있었다.
어느 날, 그들에게 갑작스럽게 위기가 닥쳤다.
똑같이 주어진 위기 앞에서 그들은 오래도록
고민하다가 결국 각자가 다른 선택을 내렸다.

첫 번째 사람은
계속 그 길을 고집하고 밀고 나갔다.
이게 아니면 안 된다는 '간절함'이 있었다.

두 번째 사람은
일단 다양한 경험을 해보자는 생각에
잠시 다른 길로 가보는 '유연함'이 있었다.

세 번째 사람은
오랜 목표를 과감하게 포기하고, 완전히
새로운 길을 개척해가는 '담대함'이 있었다.

그렇다면, 과연 이 셋 중에서 누가 옳았을까?

그런 건 없다! 어떤 길을 선택하든지,

당신이 최선을 다해 고민하고 내린 선택이라면

그 선택은 그 자체로 가장 가치가 있는 거다.

애초에 정답이 정해져 있는 게 아니다.

교실 안에서 풀던 시험 문제에서나 정답이 있지,

인생에서는 그런 게 없다. 당신이 내린 선택이

당신에게는 정답이 되도록 만드는 게 인생이다.

첫 번째 사람은 계속 버티고 밀고 나가면서 '인내'를 배울 거다.

두 번째 사람은 다양한 경험을 겪으면서 '지혜'를 배울 거다.

세 번째 사람은 새로운 길을 도전하면서 '용기'를 배울 거다.

결국 어떤 선택을 하든지 당신은 무언가를 배울 거고,

그건 당신을 더욱 강하게, 지혜롭게, 용감하게 해줄 거다.

당신은 더 좋은 사람이 될 거다. 당신이 멈추지 않는 한.

인생의 중요한 선택 앞에 섰을 때

절대로 고개를 떨구지 말라.
고개를 치켜들고 세상을 똑바로 바라보라.
헬렌 켈러

첫째, 어떤 선택이든 용기가 필요하다는 것.
인생에서 필요한 건, 남이 그려놓은 '지도'가 아니라
마음이 이끄는 '나침반'을 보며 따라갈 용기라는 것.

둘째, 당신이 어떤 선택을 하든지 세 사람이 있다는 것.
뜯어 말리는 사람, 조롱하는 사람, 응원해주는 사람.
사람들의 반응에 의해 지나치게 흔들리지 말자는 것.

셋째, 최선을 다해 고민하고 내린 결정이라면
그 선택은 어떤 이유에서든지
반드시 당신의 미래에 연결되고
당신에게 좋게 작용할 것이라는 것.

그러니 뒤돌아보지 말고 앞으로 걸어가라는 것.
더는 후회하거나 죄책감을 가지지도 울지도 말자는 것.

그런 선택을 스스로 내릴 줄 알고, 믿고,

하루하루 더 나은 무언가를 만들어나가는

당신이 진짜로 멋지다는 것.

나 오늘 완전 대박이야!

할 수 있는 일을 해낸다면,
우리 자신이 가장 놀라게 될 것이다.
토머스 A. 에디슨

어떤 유명한 야구 선수가 있었다.

그는 평소에 사람들 사이에서 활력이 넘치기로

유명했는데, 그 활력의 '비밀'이 있었다. 그는

날씨가 좋으면 열정이 저절로 샘솟고, 심지어

면도가 잘 된 날은 투지가 불타올랐다고 한다.

좋은 날씨와 면도가 핵심이 아니었다.

그런 주변에 널리고 널린 사소한 것들을

다 자기에게 유리하게 해석했던 것이다.

"우와, 오늘은 비가 오네? 시원하게

홈런 한 방 치는 날이 되겠는 걸?!"

"우와, 오늘 좋아하는 반찬이 나왔네?

오늘 나 완전 대박 나겠는 걸?!"

그러니 그는 어떤 상황에 놓여 있든지

의욕과 열정을 잃지 않을 수 있었다.

그 어떤 사소한 일, 상황, 문제 앞에서도 모든 걸
나의 의욕을 끌어올리는 '도구'나 '재료'로 쓰는 거다.
모두가 내가 마음먹기에 달려 있는 거다.
나를 매 순간 열정이 넘치게 만드는 것도,
계속 무기력하게 만드는 것도 결국은 나다.
그러니 지금 바로 스스로에게 외쳐보라.

"나 오늘 완전 대박 나겠는걸?!"

그럼 진짜로 점점 더 잘 하게 되는 자신을
발견하게 될 거고, 더 잘 하고 싶어질 거다.

하기 싫은 일을 잘하는 법

그 무엇보다도 네 마음을 지켜라.
여기서부터 생명의 샘이 흘러나온다.

잠언4:23

하기 싫은 일을 할 때,

'하기 싫어' '짜증 나'라는 생각을 계속 하면

몸은 점점 더 무거워질 것이고, 그 일을 하는

과정 내내 스스로가 불행하기로 선택하는 거다.

그런 마음으로 일하면 당연 결과도 엉망일 것이다.

그럼 더더욱 하기 싫어질 텐데, 꼭 그래야 할까?

많은 사람들이 하기 싫은 일을 그만두고,

하고 싶은 일을 하라거나 가슴이 시키는 일을

하라고 아주 '아름답게' 말하지만, 말은 쉽다.

사람은 살면서

원하지 않는 일은 계속 생길 거고,

어쨌든 계속 해서 일은 해야 하고,

일을 피해서는 결코 행복해질 수 없다.

결국 잘 해내야 행복도 성공도 얻는 거다.

그러니 어떤 일을 시작할 때는 우선

내 기분부터 좋아지게 만드는 '장치'가 필요하다.

운동선수들은 흔히 '루틴(routine)'이라 부른다.

한 번 생각해보라.

어차피 해야 할 일이고, 그걸 기분 좋게 할 수도

있는 길이 있다면 그 길을 마다할 필요는 없잖을까?

그렇다고 거창하거나 특별한 게 아니다.

박수 치거나 휘파람을 불 수도 있고,

눈을 감았다가 뜨는 것일 수도 있다.

피겨 여왕 김연아 선수는 몸을 풀 때,

항상 경기장을 반시계 방향으로 한 바퀴 돈 다음,

뒤로 서서 S 자를 그리며 활주한다고 알려져 있다.

그녀는 세계 어느 경기장에서든지, 어떤 컨디션,

어떤 감정 상태로 서든지 항상 같은 루틴을 하고,

그런 다음 제 실력을 마음껏 발휘하는 거다.

평소에 이렇게 연습해보자.

눈을 감았다가 천천히 눈을 뜨면

세상이 점점 환해질 때

'온 세상이 내 작은 눈꺼풀에 따라 달라지는 것 같아서

세상의 주인이 된 기분이야!

눈만 뜨면 기분이 완전 좋아져!'라고 생각하자.

그럼 눈을 뜨고 있는 그 순간 당신은 인생의 주인으로 사는 거다.

살아 있다는 느낌

당신은 살아 있다. 행동하라.
인생의 과제와 윤리적 책임은 그리 복잡하지 않았다.
완전한 문장이 아닌 몇 단어로도 표현할 수 있었다.
'보아라. 들어라. 선택하라. 행동하라.'
바바라 홀

말을 진정으로 잘 하는 사람은

말을 많이 하는 사람이 아니다.

해야 할 말을 적절한 타이밍에

적합한 말을 할 줄 아는 사람이다.

삶을 진정으로 잘 사는 사람은

하고 싶은 걸 다 하는 게 아니다.

해야 할 일을 적절한 타이밍에

적합한 행동으로 옮기는 사람이다.

사람이 정말로 행복한 순간은,

내가 '살아 있음을 느끼는 순간'이라고 한다.

'살아 있다'는 건 내가 하는 모든 일에서

의미와 가치를 느낄 때에 느낄 수 있다.

나무 조각을 강에 던지면

물살대로 떠내려갈 거다.
왜? 죽어 있으니까.

하지만 연어는 알을 낳으려
강한 물살을 거슬러 올라간다.
왜? 살아 있으니까.

살아 있는 사람에게 적합한 행동은
살아 있는 사람처럼 움직이는 거다.

그냥 떠내려가지 말자.
죽은 것처럼 행동하지 말자.

지금 사는 게 너무 힘들다면,
그건 당신이 살아 있기 때문이다.

지금 거슬러 올라가고 있다면,
당신은 정말 잘 살고 있는 거다.

하나만 잘 하면 된다

세상의 모든 일은 다 정한 때와 기한이 있다.
전도서 3:1

"여기(Here)가 지금(Now) 내가 있어야 할 곳이고,
나는 지금 이 순간 내가 해야 할 일을 하고 있다"
라고 말할 수 있다면, 당신의 삶 속에 잠들어 있는
가능성의 씨앗들이 머지않아 현실로 싹트게 될 거다.

그러니 많은 일을 한 번에 하려는 욕심에 무엇 하나
제대로 하지 못하고 있고, 시작조차 못하고 있다면
욕심을 내려놓고, 당신이 진정으로 중요하다고 믿는
'단 하나(The one thing)'에만 온전히 집중해보자.

하나만 잘하면 된다. 그럼, 그 하나는
·결코 하나에서 멈춰 있지 않을 거다.
볼링 핀 중 제일 앞에 있는 핀을
'킹 핀(King pin)'이라고 부른다.

모든 핀을 다 쓰러뜨리려고 하지 말고,
그냥 킹 핀에만 집중해서 볼을 던지는 거다.

당신에게 가장 중요한 킹 핀 하나에만 집중하라.

그 킹 핀이 넘어가면, 뒤에 있던 핀들은

자연스레 차례대로 휙휙 넘어갈 거다.

당신에게 주어진 소중한 시간을

그 한 가지에 집중하면 좋겠다.

풍요 속 빈곤

모두에게 친절하되, 소수와 가까워지고
그 소수를 신뢰하기 전에 먼저 잘 시험해보라.
진정한 우정이란 천천히 자라는 식물 같아서 이름을 지
어주기 전에 역경을 겪고, 이겨내야만 한다.
조지 워싱턴

주변에 사람은 많은데, 정작 내가 힘들 때
내 편이 되어주고 내 마음을 알아주는 진정한
친구 한 사람이 없는 사람이 있다. 흔히 이를
'풍요 속 빈곤'이라는 말을 하곤 한다.

그럴 때는 한 번쯤 생각해봤으면 한다.
사실, 모든 사람에게 1/n의 관심을 준다는 건
모든 사람과 두루두루 잘 지내는 것처럼 보이지만
바꿔 말하면, 누구에게도 나는 진심이 아니라는
말일 수도 있다. 영국의 유명한 심리학자가 말하길,
한 사람이 맺을 수 있는 인간관계의 최대치는
'250명'이라고 한다. 그리고 그 안에서 진정으로
나와 깊은 관계를 맺는 사람은 5명 이내라고 한다.
모든 사람을 다 챙기는 건 불가능하고, 모든 사람과
다 잘 지내려고 내가 가진 마음을 다 똑같이 나누면
나는 에너지는 에너지대로 쓰고 친구는 친구대로

남아 있지 않을 거다. 그러니 내가 만나는 사람들 중에서 나와 맞는 소수의 사람들과 깊은 관계를 맺자. 그 사람들에게 더 잘 하면 된다. 그렇다고 다른 사람들에게 대충 하라는 게 아니다. 정말로 소중한 사람들, 내가 나 자신이게 만드는 사람들에게 나도 더 마음을 주고 집중 하는 거다. 사람은 결국 많은 친구가 필요한 게 아니라 내 곁을 지켜주는 '한 사람'이 필요하다는 걸 기억하자.

진정한 친구

남에게 대접을 받고자 하는 대로
너희도 남을 대접하라

누가복음 6:31

사람은 많은 수가 필요하지 않고,
진정한 친구 한 명만 있어도 인생은
살 만하고, 성공이라는 말이 있다.

그런데 이 말을 하면 꼭 나오는 말이 있다.
'세상에 그런 사람이 어디 있어요?'라고
사람들은 불평부터 늘어놓곤 한다.

어떻게 그런 친구를 찾을 수 있을까?
딱 '한 가지'의 방법이 있다.

살면서 내 곁으로 찾아오는 사람들이 있을 거다.
그 사람들에게 내가 받고 싶은 대접을 내가 먼저
해주면 된다. 그럼 그 대접을 받을 자격이 있고,
가치를 아는 사람들은 내 곁에 계속 머무르며
나에게도 같은 대접을 해줄 것이고, 그게 아닌
사람들은 떠나갈 거다. 가치를 아는 사람들만

남기면 된다. 그럼 나는 남아 있는 사람들에게
더 사랑을 베풀고, 집중하고, 더 잘 지내면 된다.
이를 사람들은 '황금률'이라고 한다.

왜 나만

문제가 없는 사람들은
공동묘지에 있는 사람들뿐이다.
토니 로빈스

삶 속에 고통스런 문제가 일어나면
많은 사람들이 이런 말을 하곤 했다.

"도대체 왜 나만 이래?"
"왜 하필 나야?"
"왜 내게 이런 일이 일어난 거야?"

충분히 그런 생각이 들 수 있다. 내게도
예전에 그런 생각이 많이 들었는데,
어느 날 문득 내 내면 깊숙한 곳에서부터
이러한 질문이 떠오르게 됐다.

"왜 너한테는 그런 일이 일어나면 안 돼?"

그 질문 앞에 나는 덜컥 당황했다.
막상 생각하고 보니 맞는 거다. 나한테만
문제가 일어나지 말라는 법이 있는 것도

아니고, 문제가 나만 피해가란 법도 없다.
그리고 모든 사람의 삶 속에는 저마다의
문제와 사연, 상처가 있기 마련이었다.

세상에 문제가 없는 사람은 무덤 속에만 있다.
문제가 일어나고 있다는 건 내가 살아 있단 거다.

내 결정을 믿어보자

저는 미래가 어떻게 전개될지는 모르지만,
누가 그 미래를 결정하는지는 압니다.
오프라 윈프리

지혜로운 사람은

결정을 빠르게 내리고,

자신이 심사숙고하여

내린 결정이라면 좀처럼

뒤집지 않고 밀고 나간다고 한다.

반면에,

어리석은 사람은

결정하는 시간도 오래 걸리고,

걸핏하면 마음이 바뀌어서

스스로 내린 결정을 금방 번복한다.

최선을 다해 고민하고

한 번 내린 결정이라면

쉽게 뒤집어버리지 말자.

나의 결정을 믿고, 끝까지

지키고 밀고 나가자.

목적지보다 중요한 것

We don't make mistakes.
We just have happy accidents.
우린 실수한 게 아닙니다. 행복한 사고가 일어난 것뿐이죠.
밥 로스

결정을 제대로 못하게 하는
두 가지의 장애물이 있다.

첫째, 완벽한 결정을 내려야 한다는 부담감.

'신의 한 수'를 스스로에게 요구하지 말자.
사람은 아무리 많은 생각을 해도 결국은
자기가 가진 능력 안에서 결정을 내리게 돼 있다.
그러니 '완벽한 결정'을 찾아 헤매지 말고, 내가
할 수 있는 '최선의 결정'을 내리면 되는 거다.
아무도 나에게 완벽을 요구하지 않았다. 오히려
내가 나 스스로를 힘들게 만드는 건지도 모른다.

둘째, '이렇게 했다가 틀리면 어쩌지?' 하는 두려움.

틀리면 어떻고, 맞으면 어떤가?
우리가 여행을 할 때,

목적지에 도착했을 때가 여행이 아니라
집에서 여행용품을 챙기고, 목적지를 향해
문 밖을 나서는 모든 과정들이 다 여행이잖은가?
설령 길을 잘못 들어섰다고 해도
그럼 그 여행이 실패인가?
아니, 그렇지 않다.

그렇게 따지면,
세상 모든 책은 앞표지와 뒤표지만 있으면 된다.
시작과 결말, 딱 이 두 개만 있으면 되잖은가?

이 길이 아니라면
다른 길을 찾아서 가면 되는 거다.
이 방법으로 해보고 안 되면 다른 방법으로
다시 시도해보면 되는 거고,
목적지로 도착하기까지의 모든 여정이
다 소중한 경험이고 세상에 없는 스토리다.

사실,

진정으로 중요한 건 '목적지' 자체가 아니라
목적지까지 도달하기 위해 내가 나아가면서
겪게 되는 모든 '과정'이다.

그 과정 안에서 나는 이전에 만나지 못한
'새로운 나'를 발견할 거다. 내가 진정으로
얻고자 했던 건, 결과물과 목적지가 아니라
그것을 추구하고 노력하는 과정 속에서
느끼는 모든 '감동' '변화' '기회'들이다.

더는 과정을 건너뛰려고 하지 말자.
과정을 건너뛴 결과는 가치가 없으니까.

시작하기도 전에
너무 많은 생각을 하며
상상의 나래를 펼치지 말자.

책상에서 일어나자.

집 문 밖으로 나서자.

책상에서 이루어지는 건 아무것도 없으니까.

아직 아무 일도 일어나지 않았으니까.

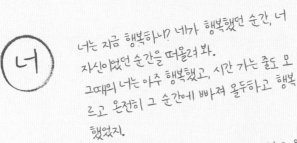

너는 지금 행복하니? 네가 행복했던 순간, 너 자신이었던 순간을 떠올려 봐.
그때의 너는 아주 행복했고, 시간 가는 줄도 모르고 온전히 그 순간에 빠져 몰두하고 행복했었지.

구경을 할 때는 여유를 갖고 휴식을 누렸고, 일을 할 때는 열심히 그 일에 빠져들었었지.
만약, 지금 행복하지 않다면 꼭 이 말을 전하고 싶어.
너는 다시 행복할 수 있다는 걸.

리멤버 후 유아(Remember who you are)!
꼭 기억하자.
네게 주어진 현재(Present)는 소중한 선물 (Present)이야.
너는 그 선물을 받아서 누릴 자격이 충분한 존재이니까.

57

신 신나고 즐거운 날들만 계속 될 순 없겠지.
하지만 반대로 슬프고 힘든 날들만 계속 될 거란
법도 없어.
중요한 건 그 모든 순간에 내가 온전히 '나 자
신'으로 사는 것이지.

라 라디오 들으며 출퇴근하길 반복하는 그런 평범
한 일상이 쳇바퀴처럼 되풀이되는 거 같아서
정말 지긋지긋했는데 별일이 다 일어나는 세상
에서 별일 없는 게 축복이더라고.

면 면이 쫄깃쫄깃한 그 순간에 바로 먹어야 라면
도 맛있듯이,
인생의 맛을 즐기기 위해서도 타이밍이 중요한
거 같더라.
퍼지지 않게! 지금 이 순간을 사는 게 가장 맛
난 인생이야.

58

좋은 사람만 만나자

그래도 좋은 마음으로

좋은 마음으로 상대를 대하면
그 진심은 반드시 전해지기 마련이다.

물론 상대가 그 마음을 알아주지 않아서
도리어 상처로 돌아올 때도 있다. 하지만

내가 좋은 마음으로 내 마음의 밭을,
내 삶이라는 정원을 가꾸어나가는 건
그 정원의 관리자인 나의 영역이다.

상자 속에 썩은 사과 하나가 있다면
얼른 밭에 던져서 거름으로 쓰면 된다.
깨끗한 사과들까지 버리지 않게 말이다.

소수의 이상한 사람들로 인해 힘들어하기보다는
다수의 좋은 사람들로 인해 감사했으면 좋겠다.

내 사람들에게 고맙다

내 사람들이 행복했으면
좋겠다. 지금보다 훨씬
더 행복해졌으면 좋겠다.
내가 아닌 다른 누군가의
행복을 빌어주고 싶게 해준
내 사람들에게 고맙다.

내가 그 사람 잘 아는데

20대 초반에 아르바이트하는 가게에서
함께 일하는 형이 지갑을 두고 갔었다.
퇴근하고 지나가는 길에 챙겨서
전해줄 수 있는지 부탁하길래, 어디 있는지
물으니 바로 근처 PC방에 있단다.
일을 마치고 가는 길에 PC방을 한참 찾아
헤맸는데 도저히 찾을 수가 없었다.
전화도 몇 번이나 했다. 공원 옆에
치킨집이 보이고, 그 바로 옆에 PC방이
있단다. 가만히 보니 내가 서 있는 곳이
공원이었다. 자세히 주변 건물을 살펴보니
치킨집이 보였고, 그 옆에 PC방이 보였다.

'매일 아침저녁 습관적으로
지나다니는 길이었는데,
다 안다고 생각했는데….'

'인간관계'나 '일'에서도
마찬가지이지 않을까.

사람은
자기가 아는 만큼만 보이고,
관심을 가진 만큼만 볼 수 있다.

"내가 그 사람 잘 아는데"
"내가 그거 다 해봤는데"
라고 말하는 사람들이 종종 있다.

습관적으로 매일 '봤다는 것'과 그에 대해
관심을 가지고 '안다는 것'은 전혀 다른 일이다.

자기가 상대방의 입장이 돼보지 못하면
상대방을 완벽히 이해할 수 없다.
하물며 나조차도 나에 대해 다 아는 게 아닌데,
상대방을 완벽히 다 안다는 착각만큼 교만한
생각이 어디 있을까. 다 안다는 말은 함부로
가볍게 할 수 있는 말이 아닌 것 같다.

갈수록 어떤 사람?

갈수록 별로인 사람,
갈수록 괜찮은 사람,
항상 한결같은 사람.

그런 말을 들은 적이 있다.
어떤 사람과 진지하게 교제하고 싶을 땐,
그 사람의 '사계절'을 지켜보라는 것이다.

자연의 섭리에도 사계절이 있듯,
사람의 인생에도 사계절이 있다.

힘들고 어려운 시간들,
평범한 일상의 시간들,
잘되고 좋았던 시간들.

그 계절을 보내는 모습을 지켜보면
그 사람이 어떤 사람일지, 내가 그와
계속 만나도 될지 아닐지가 보인다.

자기 살기도 바쁜 세상에

지나가는 사람들이 툭툭 던지는
말 한마디에 너무 연연하지 말자.
그들이 나에 대해 어떻게 생각할지,
나를 향한 판단에 귀 기울이지도
더는 신경 쓰지도 말자. 한 번만
잘 생각해보면 사실 웃긴 일이다.

자기 살기도 바쁜 세상에
얼마나 할 일이 없었으면,
얼마나 관심 받고 싶었으면,
얼마나 시간이 남아돌았으면
남의 인생을 판단하고 간섭할까?

동정과 축하

몇 년 전부터 학생들의 꿈을 응원하는
활동을 하고 있다. 특히 대학 입시 기간이
되면 불안한 마음에 많은 학생들이 연락을
해오는데, 한번은 기존에 받았던 것과는 다른
특별한 연락을 받았다.

대부분의 학생들은
자기가 열심히 한 만큼 결과가 안 나와서
속상하거나 불안하다고 한다.

그 학생은
본인이 열심히 노력한 덕분에
목표로 했던 대학에 합격해서 너무 기쁜데,
축하받고 싶어도 아무도 자신을 축하해주지
않아서 속상하다고 했다.

열심히 노력한 만큼 칭찬도 축하도 받고 싶은데,
주변에 속상해하는 친구들 틈에서 그럴 수 없고
부모님도 자기가 느끼기에 무관심하게 반응했단다.

그 학생과 통화하면서
진심으로 축하해주었다.

위로받고 우는 사람은 많았는데,
축하받고 우는 사람은 처음이었다.

그 학생을 보고 문득 그런 생각이 들었다.

'내게 안 좋은 일이 생겼을 때, 힘내라고 말해주는
사람이 없더라도 어떻게 해서든 이겨내고 살아가겠지만,
생일에 아무도 축하해주지 않는다면 어떨까,
상을 받아와도 축하해줄 가족이 없다면 어떨까.'

상대가 힘들고 어려울 때 동정을 품는 건
상대적으로 쉽지만, 정말로 잘됐을 때
마치 자기 일처럼 기뻐해주고 축하해주는 건
어렵나 보다. 내가 정말로 잘됐을 때
가족을 제외하고 누가 제일 기뻐해줄까.

내가 왜 듣고 있지

만나기만 하면 전혀 건설적이지 않은 주제로
혼자서 신나게 말하는 사람이 있었다. 그와
대화하면 '도대체 내가 이 얘기를 왜 듣고
있어야 하지? 저게 자랑할 일인가?' 라는
생각이 들었다. 그럴 때는 둘 중 하나의
선택을 했다. 세상에는 여러 사람이 있다는 걸
보면서 '사람 공부' 했다고 생각하거나,
얼른 그 대화를 끊고 피하거나 말이다.

때려치우고 싶다

그냥 다 때려치우고 싶다는 생각.

마음 좀 편하게 살고 싶다는 생각.

방해 없이 잠 좀 푹 자고 싶다는 생각.

날 좀 가만히 내버려 두면 좋겠단 생각.

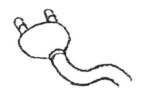

하고 싶은 거 하나쯤은 하고 살자

자녀를 둔 젊은 엄마들과 대화하다 보면
그런 말을 종종 듣곤 했다.

"한 남자의 아내로서의 역할도
엄마로서의 역할도 모두가 제겐
소중한 일이에요. 하지만…
저는 이수정(가칭)이잖아요?
오랜 시간 동안 아이들을 키우느라
정작 나를 돌보질 못했고,
나 자신을 잊고 살았어요.
그러다 보니 어느새 나이가 들었고
이제 와서 보니까 제가 뭘 좋아하고,
뭘 잘했는지조차 기억이 나질 않아요.
무언가 새로 시작하기에는 너무
늦은 거 같고, 아무것도 안 하자니
점점 저를 잃어버리는 거 같아요.
어떻게 하면 좋을까요?"

만약, 이 글을 보고 있을 사람 중에

이런 고민을 하고 있다면 당신에게
꼭 이 말을 전해주고 싶다.

여기까지 너무 잘 해줬다고,
당신은 이미 최선을 다했고,
세상에서 가장 소중하고 위대한 일을
해냈다고 말이다.

그동안 '남을 위한 시간'을 갖느라 지쳤다면
당신에게 필요한 건 '나를 위한 시간'이다.
거창하지 않아도 괜찮다.

내가 정말로 배우고 싶은 걸 하나쯤 배우고,
내가 정말로 하고 싶은 일을 하나쯤 해보고,
일주일에 하루라도, 한두 시간이라도
온전히 나를 위한 시간을 가졌으면 좋겠다.

사람이 하고 싶은 걸 전부 다하며
살 순 없겠지만, 그래도 자기가 정말로

하고 싶고, 좋아하는 일 하나쯤은 꼭
하고 살아야 한다.
당신도 사람이다.
부모도 사람이다.
남을 위해서만 살면
고갈되고 말라 죽는다.

좋아하는 일 한 가지를 한다고 해서
세상 끝나지 않는다. 가족이 어떻게
되지 않는다. 당신이 행복해야 가족도
행복하다. 그 행복을 가져오는 건 크고
거창한 게 아니더라.

지극히 작은 일 한 가지,
나를 위한 시간을 확보해서
그 시간은 온전히 나에게 주는 것.
그걸로도 당신은 보다 더 행복해질 것이다.

그게 중요한 게 아닌데

말을 할 때는 내 말이 '맞고 틀리고'
'옳고 그름'이 중요한 게 아니라 내 말로 인해
상대의 마음이 어떻게 움직였는가가 중요하다.
말을 '공격용 무기'로 쓰는 사람이 있고,
'치유의 도구'로 쓰는 사람이 있다.

말을 잘하는 사람은 사실 자기가 하고 싶은 말을
하는 게 아니라 잘 들어주는 사람이다.
그리고 상대에게 필요한 말을 그가 잘
받아들일 수 있도록 지혜롭게 전달하는 사람이다.

내가 하고 싶은 말을 하는 것,
내 생각에 필요한 말을 하는 것.
그게 중요한 게 아니다.

상대를 진심으로 생각하고, 그가 잘되길
바란다면, 결과적으로 내가 하는
말을 통해 상대의 마음을 움직여야 한다.
그가 스스로 일어설 수 있게 도와줘야 한다.

남에게 존중받고 싶다면

오래전 미국에 사는 친구와
대화하다가 그가 한 말이 기억난다.

한국에 잠시 일이 있어 들어온 그가 대구에 있는
한 매장에 들어갔다. 그때 유학생으로 보이는
두세 사람이 영어를 잘하지 못하는 직원에게
영어로 말하며 직원을 곤란하게 하고 있었다.
그런데 자기들끼리 있을 때는 한국말을 했다.

그 모습을 보고 있던 그는 어이가 없었다.
그래서 그들에게 다가가 영어로 말했다.

"언어는 소통하라고 있는 거지,
무시하라고 있는 게 아니야.
발음 들어보니 유학생활 그리 오래한 거
같지도 않은데, 뭘 그렇게 으스대나?"

그들이 친구에게 학교가 어디냐고 묻자 친구가 대답했다.
그 대답에 학생들이 당황해했다.

그는 미국 명문대 진학을 생각하는 사람이면
누구나 들어봤을 세계 최고 수준의 대학
학생이었으며 수재 중의 수재였다.

"사람이 공부를 왜 하겠어? 사람 되라고 공부하는 거지.
자기보다 낮다고 생각하는 사람한테
존중받는 것보다 자기보다 높은 사람한테 존중받는 게
진짜로 높아지는 게 아닌가? 남을 누르는 게 아니라
남을 높여줄 줄 알아야 자기가 높아지는 거지."

어설픈 사람들이 겉멋이 들고, 오만하다.
벼는 익을수록 겸손하고, 고개를 숙인다.

사람은 왜 이럴까

"취업하고 싶다."(취준생)

"퇴사하고 싶다."(직장인)

"빨리 성인이 되고 싶다."(학생)

"학생일 때가 좋았다."(성인)

"연애하고 싶다."(솔로)

"혼자가 편하다."(커플)

"올해는 꼭 결혼하고 싶다."(결혼 전)

"시간을 돌이킬 수 있다면."(결혼 후)

나 좋다는 사람 만나요

그냥, 나 좋다는 사람 만나요.
아니다 싶으면 아닌 거예요.
사람 사이의 관계가 억지로
끼워 맞춘다고 해서 되는 것도 아니고,
한쪽만 노력한다고 되는 것도 아니더군요.

'손뼉도 마주쳐야 소리가 난다'는 말이 있습니다.
서로의 손바닥이 마주치면 경쾌한 하이파이브가 되지만,
나 혼자 손바닥을 갖다 대면 귀싸대기가 될 수도 있습니다.

그러니…
안 맞는 사람에게 억지로 끼워 맞추려고 용쓰기보단,
잘 맞는 사람에게 자연스레 손을 드는 노력을 하세요.

내가 먼저 손을 들고 있다면, 내 가치를
알아보는 사람은 알아보게 돼 있습니다.
그가 나와 맞는 사람이라면 먼저 다가와
내 손에 하이파이브를 해줄 것입니다.

박수는 아니더라도

내가 잘되면 박수까진 안 쳐주더라도
뒤에서 뒷담은 하지 않았으면 좋겠다.

내가 한 번 열심히 해보겠다고 하면
도와주지 못할 망정 신경 좀 끄면 좋겠다.

꿈을 이루고 성공한 사람들을 찾아가면
오히려 더 도와주려고 했다(Vision Helper).

꿈도 없고 그저 그렇게 사는 사람들은
남의 꿈까지 짓밟으려 했다(Vision Killer).

사람에게 기대하지 말 것

'내가 이만큼 했으니까 너도 나한테 이 정도는 해야지'
라는 생각은 나와 상대 모두를 지치게 만든다. 줄 때는
받을 기대는 내려놓고 줘야 내가 계속 행복할 수 있다.

받을 때보단 줄 때 더 행복을 느끼는 사람이 있다.
상대가 알아주든, 안 알아주든 '내가 행복하기 위해'
준다고 생각하면 좋겠다. 주고 나서는 바로 잊어버리자.

기대하지 않아야 실망은 줄어들고,
생각하지 못한 감동이 찾아오더라.

꼭 기억하자.
사람은 사랑의 대상이지,
믿음의 대상은 아니란 걸.

받아본 사람이 줄 수 있어

"자기를 돌보고 나서 남도 챙길 수 있는 법.
나부터 채우자. 그건 이기적인 게 아니다"
라고 만나는 사람들에게 말하곤 한다.

난 다른 사람을 도울 때 행복을 느끼곤 했다.
하지만 내가 먼저 채워져야만 다른 사람에게
흘러갈 게 있다고 말한 스승 멘토님이 기억난다.

"나는 자네가 봉사보다는 돈을 좀 벌었으면 좋겠어.
자네가 하는 일이 참 소중하고 귀하지만 그 일을
지금 잠깐 이벤트처럼 하고 그만둘 게 아니라,
계속해서 잘하기 위해서는 결국은 돈을 잘 벌어야
가능해. 물질만능주의가 아니라 자기가 정말로
인생을 행복하게 살고, 가족부터 시작해서
다른 사람도 행복하게 만드는 의미 있는 삶을
살기 위해서는 돈을 벌어야 해. 그것도 많이."

당시 대구에서 서울을 왕복하며 교육을 받았는데,
수료식 당일 차비가 없어서 밤새 택배 상하차 알바를

하고 참석할 수 있었다. 수료식을 마치자 이미 기차가
끊겨 스승님 댁에 하루 신세를 져야 했는데, 차비로
쓰라고 하면서 50만 원이 든 봉투를 주셨다. 큰 액수에
놀라서 사양하려 했지만 그때 하신 말씀이 지금도 기억난다.

"(사랑, 섬김을) 받아본 사람이 줄 수도 있는 법이니
받으면 돼. 나한테 갚지 말고, 언젠가 자네가 남을
도울 수 있는 사람이 됐을 때, 이렇게 흘려보내게."

그때 결심했다.
'나도 저렇게 살아야지.'

그때로부터 수년이 지난 지금,
이젠 내가 그 말을 사람들에게 하고 있다.
앞으로도 그런 어른의 모델이 되고 싶다.

춥고 외로웠던 스물네 살, 절망 속에 있던 내게 어른의 모델이 되어주신 그분은
《성과를 지배하는 바인더의 힘》의 저자, 3P자기경영연구소 강규형 대표님이다.

너 하고 싶은 거 다 해

한 독자에게 응원의 글을 보냈다.

그 독자가 혹시 다음에 시간 될 때 자기를 위해

"너 하고 싶은 거 다 해"라는 말을 넣은

글을 적어줄 수 있는지 부탁해왔다.

그 독자에게 물었다.

"사람이 자기가 하고 싶은 걸

다 하면서 살 순 없잖아요?"

"그건 맞는데, 그래도 말이라도

그렇게 말해주면 기분이 좋아지더라고요.

힘들 때 그런 말 들으면 힘이 나고요."

그 말을 듣자 오래전 학습법 전문가가

학부모들에게 부탁했던 말이 기억났다.

"우리 아이들이 학교에서, 학원에서 또

친구들 사이에서 이미 충분히 공부에 대한

스트레스와 부담감을 느끼고 있어요. 본인도

잘 알아요. 그런데 집에서 부모님들까지
아이들을 지적하면 숨을 쉴 수가 없어요. 아이들도
다 잘하고 싶어요. 안 하고 포기한 사람은 있어도
못하고 싶어서 못하는 사람이 어디 있겠어요?
아는데 해도 잘 안 되니까 힘든 거예요."

"너 하고 싶은 거 다 해."
사람들이 왜 그렇게 그 말을 좋아할까,
현실 감각이 떨어져서 그럴까, 정신력이
약해서일까? 그렇지 않다. 다들 잘 안다.
사람이 하고 싶은 걸 다 하면서 살 수는
없다는 걸 누구나 잘 안다. 알기 때문에
말이라도 그렇게 해주면 힘이 나는 거다.

힘든 사람에게 계속 지적하고 충고하려고 들면
오히려 더 힘들어질 뿐 달라지는 건 아무것도 없다.
힘들어서 지친 사람에게 "힘들지?" 하며 알아주고
먼저 물어봐주는 것 그 자체로 그에겐 큰 힘이 된다.

내가 좋아하는 사람, 나를 좋아해주는 사람

'내가 좋아하는 사람'은
나에게 통 관심이 없고,
'나를 좋아해주는 사람'에게는
내가 관심이 없다. 그런데
'둘 다' 없으면 환장한다.

나 좋다는 사람 만나려니
나 좋다는 사람은 도통
눈에 안 들어와서 문제.
사람 만나기 참 어렵다.

좋으면 '좋다'고 하고,
싫으면 '싫다'고 하자.
사람의 마음, 간 보지 말자.
좀 단순하게 가면 좋겠다.
왜 이리 머리를 굴릴까.
안 그래도 머리 아플 일 많은데.

내가 좋아하는 사람이
나를 좋아하게 되면 좋겠다.
참 유치한 생각 같은데,
속으로는 그런 생각을 한다.

인간관계에서 알아둬야 할 메시지

나를 기억해주는 사람.
내게 뭔가를 바라기보단
내가 행복하길 응원하는
사람이 있다면, 그 사람은
평생 같이 갈 사람이다.
그런 인연은 놓치지 말자.
소홀하게 생각하지 말자.

나를 나 자신이게 만드는 사람.
내가 가면을 쓰지 않도록 하는
사람을 만나면 행복하다.
함께하는 시간이 특별해진다.
만약 그런 사람이 곁에 있다면
당신은 정말로
행복한 사람이다.

나 자신이게 하는 사람.

복잡한 세상, 차가운 세상에서

가면을 쓰지 않아도 되는 사람,

나 그대로를 봐주는 사람.

힘들면 힘든 대로 좋으면 좋고,

싫으면 싫은 대로 편하게 내 감정을

마음껏 표현해도 되는 사람.

배울 점이 있는 사람.

친구든 연인이든

배울 점이 있는 사람을 만나야

오래가는 것 같다.

한때 친했다가도 잊혀진

인연들을 생각해보면

그 관계가 그다지 좋은 영향을

주고받은 관계는 아니다.

'Give & Take'

줘야 할 때는 아낌없이 줄 줄도 알고,

받을 땐 감사하며 받을 줄도 아는 사람.

'Give & Give'

받을 때보단 줄 때 행복을 느끼는 사람.

정 많고, 속 깊고, 가슴이 따뜻한 사람.

'Take & Take'

늘 얻어먹기만 하고 받을 줄만 아는 사람.

개념도 없다. 그런데 정작 본인만 모른다.

아껴주다 죽는 나무

'아낌없이 주는 나무'는
'아껴주다 죽는 나무'가
되기 마련이다. 뭐든지
일방적으로 주기만 하면
결국 말라죽는다.

사람에게 의존하지 말자

사람에게 의존하지 말자.
사랑하는 사람에게 기대는 것과
맹신하고 의존하는 건 엄연히 다르다.
의존하는 순간 망한다고 생각하자.
서운함이란 감정이 자주 든다면
내가 그 사람에게 의존했다는 것이고,
내심 바라는 게 있었단 의미다.
사람에게 의존하거나 기대하지 말자.

안 그래도 바쁘고 머리 아픈데
인간관계까지 머리 쓰지 말자.
좋은 사람을 더 많이 만나자.
이상한 사람들 때문에
더는 마음 상하지 말자.
좋은 사람과 만나기에도
시간이 부족하지 않나.

그 사람 부모도 바꾸지 못한
그를 내가 바꿀 순 없다.

사람을 고쳐 쓰는 게 아니란
말이 괜히 있는 게 아니다.
내가 어쩔 수 없는 걸로
더는 스트레스 받지 말자.
내가 할 일에 집중하자.

이 사람과 계속 이어가야 할까,
이제 그만 끊어야 할까.
심각하게 고민하고 있다면
고민하고 있는 것 그 자체로
이미 그 사람은 아니라는
증거일 수 있다.

기운이 없을 때도 그 사람만 보면
기분이 좋아지고 힘이 나는 사람이 있고,
있던 힘도 빠지게 하는 사람이 있다.
기분이 좋아지는 사람을 많이 만나면
내가 달라지고, 하루가 달라지고, 심지어
인생도 달라진다. 사람을 잘 만나자.

발암 캐릭터 3인방

'생각 없이 말하는 사람'.

생각 필터 고장. 나오는 대로 말함.

솔직한 것과 개념 없는 것을

전혀 구분할 줄 모름.

"나는 솔직한 게 매력이야"

"나는 거짓말은 못해"

"할 말은 하고 살아야지"

라고 무개념을 오히려 자랑함.

'자기밖에 모르는 사람'.

매사에 자기중심적이고,

남의 상황이나 감정에는 관심 없음.

자기 말이 다 맞고, 남의 의견을

수용하려는 자세가 없음.

그런데

자기가 그런 줄 본인만 모름.

'고집이 센 사람'.

고집이 세다는 게

좋게 작용하면 '신념'이고,

안 좋게 작용하면 '아집'임.

항상 "내 말이 맞다"며 이미 답을

정해놓고 대화함.

그런 사람은 어떤 말을 해도 듣지 않음.

고집 부리다가는 결국 망함.

쉽게 잘해주지 말자

항상 내가 제일 잘해준 사람이
내게 제일 큰 상처를 주더라.
그런 일이 수차례 반복되니
이제는 누군가에게 내가 굳이
잘해줄 필요성을 못 느끼겠다.

감사할 줄 모르는 상대에게
지속적으로 호의를 베푼
내게도 잘못이 있을 거 같다.
그 사람은 내게
잘해달라고 한 적 없는데,
챙겨달라고 한 적 없는데.

처음에는

'그 사람이 그때 나한테 왜 그랬을까'

하고 원망했고,

나중에는

'내가 그 사람한테 굳이 왜 그랬을까'

하고 후회를 했다.

기본적으로 지키되,

아무한테나 함부로

너무 쉽게 잘해주지 말자.

나를 위해서도,

그를 위해서도.

남을 깎아내리면

남을 깎아내리면
자기가 이기는 줄 아나본데,
그런 행동을 하는 것 자체가
자기 스스로 그 사람에게
졌다고 인정하는 행동이란 걸
알았으면 좋겠다.

뒤에서 뒷담화 하지 말고,
앞에서 당당히 따져라.
앞에서 못할 말은,
뒤에서 하지 말자.
없어 보인다.

거울을 보며 안경을 쓰고

자기밖에 모르는 사람, 매사에
부정적인 사람은 자기가 하는 말과
행동이 얼마나 많은 사람에게
부정적인 영향을 끼치는지 모른다. 또
최대의 피해자는 정작 자기 자신이
라는 것도 모른다. 자신의 모습이
어떻게 비춰질지에 관심이 없다.

그들에게는 안경만 있고, 거울이 없기
때문이다. 사람에게는 자기 자신을
제대로 볼 수 있는 거울과 타인과
상황을 제대로 볼 수 있는 안경이
둘 다 필요하다. 하나만 있어도
문제가 생기기 마련이다.

안경만 있으면 남을 죽이고,
거울만 있으면 나를 죽인다.

총은 몇 방 맞아도 똑같이 아파

잘못한 사람이 오히려 큰소리칠 때가 있다.

"어쩌다 한번 실수한 건데 뭘 그래?"라고….

총을 열 방 맞든, 한 방 맞든 아픈 건 마찬가지다.

가해자가 피해자에게 그렇게 쉽게 얘기하면

안 된다. 우린 언제든 누구나 피해자가 될 수 있다.

솔직한 것과 개념 없는 것

솔직한 것과 개념이 없는 것은
전혀 다른데 사람들이 구분을
못하더라. 내 기분 내키는 대로
뚫린 입이라고 함부로 말하는 건
그냥 생각이 없는 거지….

그럴 사람 아니야

"그 사람은 그럴 사람이 아니야"
라는 확신을 들 게 만든 사람이
뒤통수 칠 때만큼 마음이 허탈한
순간이 또 없다. 웃음만 나오지….

기프티콘, 이모티콘

네 생일 때 난 기프티콘,
내 생일 때 넌 이모티콘.

서운함을 느끼는 사람의 문제일까,
받을 줄만 아는 사람의 문제일까.

남의 시간, 돈 우습게 보지 마요

요즘 세상에 안 바쁜 사람 어디 있고,

돈 버는 게 쉬운 사람 어디 있나. 그런데

남의 시간과 돈을 우습게 아는 사람이 있다.

항상 늦고, 항상 얻어먹기만 하는 사람이 있다.

몸이 컸다고 다 어른이 아니다.

맡겨놓은 것 있어요?

고맙단 말 듣자고 한 건 아니지만
내 수고를 당연하게 여기면서
마치 나한테 맡겨놓은 것처럼
당연히 요구할 때 기분이 참….

내가 사달라고 한 적 없잖아요

어디서든 모임을 갖고 계산할 때만 되면
자연스레 뒤로 빠지던 사람이 있었다.
받는 게 습관이 된 것이다.

어느 날 카페에서 각자 마실 것을
주문하고 계산 후 사람들과 대화를
나누고 있는데 그 사람이 뒤늦게 도착해
물었다. "내 것도 주문했어요?"

그때 그에게 말했다.
"각자 마실 거 주문했으니 주문하고 오세요."
그 순간 당황한 모습이 보인다.

늘 받기만 하는 사람의 심리는 어떨까.
고맙고 미안한 마음이 있을 줄 알았다.

그런 관계가 건강할 리가 없다.

얼마 지나지 않아 갈등이 생겼다.

그때 그가 하는 말이,

"내가 사달라고 한 적 없잖아요?"였다.

사과를 하든 반성을 하든

잘못한 사람에게 그건 잘못된 거라고
말해주면 미안하다고 '사과'를 하거나
아니면 '반성'을 해야 하지 않을까.

계속 그렇게 살았다가는

인생 노(NO)답인 사람에게

"괜찮다"라고 위로해주고

마취제를 놔주는 게 진정

그 사람을 위하는 걸까?

관계가 유지될 수 있는 이유

잘못은 그가 했는데

사과는 내가 할 때가 있다.

이는 나도 마찬가지일 거다.

소중한 관계가 유지되기 위해선

어느 한쪽이 더 참아주는 사람이

있기 때문에 유지되는 거 같다.

대개 사과는 잘못한 사람이 하는 게

아니라 좀 더 성숙한 사람이 한다.

돈

사람이 살면서 너무 '돈, 돈' 노래를 부르며

돈이 인생의 전부가 돼서도 안 되겠지만

평소에 아무 생각 없이 막 쓰고 다니다 정작

정말로 필요한 순간에 없어서 이리저리 빚지고

"난 왜 이리 돈이 없을까"라고 하는 것도 문제다.

오지 않는 답장

오지 않는 답장을 보며 기다리다가
상대의 삶을 추측하지 않기로 했다.
이유가 있든 없든 자기가 받은 메시지가
나에게 이득이 될 거라고 여기는 사람이
보낸 거라면 자다가도 답장하는 게 사람이다.

부재중 전화

폰에 뻔히 '부재중'이라 떠 있는데
바빴든, 상황이 안 됐든, 기분이 안 좋았든
"전화했었네?"라고 물어보지 않는 건
나는 그 사람에게 별로 중요하지 않은
딱 그만한 사람이었다는 거다.

마음은 마음으로 안아줘야 한다

그 사람이 힘들다고 하면
힘든 거다. 그 사람도
오죽 답답했으면
남에게 힘들다고 했겠나.
그럴 땐 그냥 인정해주자.
그저 들어만 줘도 괜찮다.

이에 공감할 사람들이 꽤 많을 거라 생각한다.
누군가 힘들다는 말을 해서 그의 말을 가만히 듣다보면 고개를 갸우뚱할 때가 있다. 내가 보기에는 '에이, 겨우 그런 걸 갖고?'라는 생각이 들기 때문이다. 내 기준에서 타인의 '고통의 정도'를 판단하면 인간관계의 문이 다 막힌다.

이런 사고방식은 인간관계에 전혀 도움이 안 되더라.
병을 치료하려면 의사한테 갔겠지. 왜 나한테
자기가 힘든 걸 굳이 꺼내놓고 얘기하겠나.

그 사람은 나에게 문제를 극복하기 위한
Teaching과 Coaching을 요구하지 않았다.
그가 필요했던 건 마음을 나누고 이해해주는
Touching이었다. 해결책이 아니라 공감이었다.

해결책은 직장에서 일할 때 찾자.
사람 사이에서 생기는 대부분의 문제는
답이 없다. 그리고 마음의 문제다.

마음은
마음으로
안아줘야 한다.

타인에게 충고하려는 사람의 세 가지 자격

첫째, 그 사람이 나에게 먼저 도움을 요청했는가.
'요청받지 않는 충고는 오지랖이고 폭력이다.'

둘째, 내가 그 사람에게 무엇을 줄 수 있는가.
'그 사람이 나한테 배우고 싶을 만한 게 있나.'

셋째, 내가 말하는 대로 나도 그렇게 살고 있는가.
'자기도 안 되는 걸 왜 남에게 요구할까.'

모범이 될 만한 삶을 살거나,
어느 분야에서 성과를 냈거나,
다른 사람들이 보기에
성공한 삶을 살고 있다면
사람들이 알아서 먼저 비결을 물어보기 마련이다.
하다못해 다이어트만 성공해도 사람들이 먼저 물어본다.
그런데 그런 자격은 하나도 안 갖추고
나이가 더 많다고 가르치려 들면
그때 '꼰대' 소리를 듣는 것이다.

다른 사람의 인생에 충고를 한다는 건
그 사람의 '시간'과 나의 '이야기'를 교환하는 것이다.
그냥 수다 떨면서 내 스트레스를 푸는 게 아니다.
내가 하는 말에 책임지고, 내 인생부터 열심히
잘 살아내려고 발버둥쳤고, 그 노력을 다른
사람들에게 인정받은 사람에게 주어진 특권이다.

내가 그 사람의 소중한 시간,
다시는 돌아오지 않을 시간을 맞바꿔서
아까울 게 없는 무언가를 줄 수 있는 게
아니라면 충고는 가급적이면 삼가자.

내가 충고라고 생각해서 했던 말들이
상대방에게는 그저 참견일 수도 있다.

정직과 솔직, 인격과 성격

"나는 거짓말은 못해.
나는 솔직한 게 매력이야.
나는 원래 이래. 나는 내가
할 말은 해야 하는 성격이야"
라고 당당하게, 자랑스럽게
말하는 사람들이 있다.

자기 할 말은 다 하고 살아야 한다는 욕구는
있지만, 그 말에 상대방을 향한 존중이 없다.

성격은 타고나는 거라 어쩔 수 없다고 하지만
그 성격을 담는 그릇은 인격이다. 인격이란 그릇에
담지 않은 솔직한 성격은 타인에게 상처를 주기 쉽다.

성격은 타고나는 거지만, 인격은 훈련이 가능하다.
앞에서 했던 말을 당당하게 하는 사람들은 그 말이
자신의 가치를 떨어뜨리는 말이라는 걸 알았으면 좋겠다.
스스로 "나는 훈련이 덜 됐어요"라고 하는 말과 같다.

저렇게 말하는 사람이 앞에 있다면,
앞으론 속으로 이렇게 생각해버리자.

"자랑이다!"

잘했다. 할 수 있다고 말해줄 것.
'말의 힘은 강하다는 걸 알기.

 살아가는 매 순간이 소중함을 알 것.
가장 귀한 금은 '지금'임을 알기.

 자기 자신의 가치를 잊지 말 것.
영원히 변하지 않음을 알기.

모든 순간이 나였다

왜 나에게는 못했을까

얼마 전 제주도에 여행 갔을 때
있었던 일이다. 함께 간 일행들과 수목원
산책로를 걷는 내 발걸음 속도가 무척 빨랐는지
한 동생이 뛰어오더니 뒤에서 손을 뻗어
내 어깨에 자기 양손을 얹고 웃으며 말했다.

"형, 오늘만은 천천히!
형은 평소보다 0.5배속으로! 그래야
다른 사람들과 속도가 맞아."

그렇게 발걸음 속도를 줄였다. 그 동생 말대로
속도를 줄이자 다른 사람들과 함께 그 순간에
빠져들어 누릴 수 있었다. 목적지에 도착해야
한다는 생각을 버리고, 천천히 이야기를 나누면서
주변의 나무와 꽃을 보고 웃으며 함께 사진을 찍었다.
다 함께 단체 사진을 찍은 후 차로 돌아가는데,
천천히 걷자던 동생이 다시 말했다.

"오늘은 좀 천천히 가도 돼. 어차피 다시
돌아가면 열심히 달릴 거잖아. 오늘 같은
날만큼은 다른 생각 내려놓고 그냥 쉬어."

나에게 힘들다고 고민을 가지고 온 사람들에게
내가 해줬던 말을 이번에는 다른 사람에게 들었다.

'왜 나에게는 못했을까…'

너무 열심히 앞만 보고 산 건 아닐까.
가끔 뒤도 돌아보고, 주변도 둘러보는
그런 여유를 가질 줄 알아야 한다고
다른 사람들에게는 위로해왔는데, 정작
나에게는 왜 그렇게 해주지 못했을까.

모든 순간이 나였다

희극 배우 '찰리 채플린'의 유명한 일화가 있다.

기자들과 인터뷰를 할 때 그는 한 질문을 받았다.

"여러 작품들이 모두 히트를 쳤는데,

그중 최고로 꼽는 작품은 무엇인가요?"

그는 대답했다.

"다음 작품입니다(Next one)."

여기까지는 많은 이들이 들어본 내용이다.

만약 삶의 마지막 순간,

사람들이 같은 질문을 했다면 과연 그가

"마지막 작품입니다(Last one)"라고 답했을까.

내가 그였다면 "모든 작품이 곧 나였습니다

(Every work represents myself)"라고 답했을 것 같다.

작품 하나하나에 내 모든 걸 쏟았기 때문이다.

한 사람의 인생도 하나의 역사이고,
일생을 거쳐 완성될 작품과 같다.
살아 있는 한 완성되는 건 하나도 없다.

과정과 결과 중 무엇이 더 중요하냐는
질문을 받곤 하지만, 과정과 결과는 절대
별개가 아니다. 살아가는 매 순간이 결과다.
호흡이 끊어지지 않는 한 우리는 매일
선택을 하고, 선택에 따른 결과가 있다.

'과정'이란 말은 채플린이 세상에 없는 지금,
오늘을 사는 우리들이 그의 삶을 바라보면서
쓸 수 있는 말이다. 오늘을 사는 사람들에게
가장 확실한 것은 오직 '나'만 있을 뿐이다.
그래서 주어진 오늘이 너무 소중한 것이다.

내가 보낸 하루가 곧 '나'다.
모든 순간이 나였다.

내 마음을 몰라줄 때

내 마음을 몰라줘도 너무 모를 때,

내 속을 다 끄집어내서 보여줄 수도 없고….

그렇게 점점 내게서 멀어져 갈 때,

서운한 마음보다 나 자신이 불쌍해 보인다.

쉬운 게 없다

"왜 나는 제대로 할 줄 아는 게 없을까요"
하며 속상해서 주저앉은 사람이 있었다.
그에게 다가가 말을 건넸다.

"무엇 하나 쉬운 게 없지?
다 마찬가지야. 세상에 쉬운 일이
없더라고…. 하긴, 우리가 원하는 일
대부분은 쉽게 얻어질 것들이 아니니까."

"생각해보니 그렇네요. 가만 생각해보면
모든 일이 쉽게 되는 게 이상한 건데."

누구나 쉽게 되길 바라지만,
세상에 쉬운 일이란 건 없다.

그 말은, 일이 쉽게 풀리지 않아 내가
실망할 필요가 없다는 말이다.
내가 쉬운 사람이 아니니까
인생도 쉬운 게 아닌 거다.

머리로는 알겠는데

사람이 어떤 문제와 상황을 보고
걱정하기 시작하면 걱정은 계속
또 하나의 걱정할 이유를 찾더라.

마치 어딘가에 홀린 것처럼
내가 걱정한다고 해서 달라질 게
없다는 걸 머리로는 알면서도
쉽게 멈출 수가 없다.

달리고 있는 차의 속력이 빠르면
빠를수록 멈추기 어렵듯, 걱정도
하면 할수록 빨라지고 커진다.

이미 흘러간 과거에 대해
'내가 그때 왜 그랬을까.'

지금 주어진 현실에 대해
'내가 열심히 한다고 될까.'

'나는 항상 이래 왔으니
앞으로도 마찬가지일 거야.'

이런 식으로 과거의 경험이라는 데이터가
나의 미래까지 추측하고 단정해버린다.

부정적인 생각에 브레이크를 밟는 게
어렵다면 방향을 살짝만 틀어주면 된다.

걱정을 고민으로 바꿔보자.
걱정은 문제에, 고민은 해결책에 집중한다.
고민은 이 문제를 어떻게 바라볼지에 대한
내 시선과 문제에 대한 해석 자체를 바꾼다.

문은 두드리는 자에게 열린다.
제아무리 그 문이 커 보여도.

시간은 빠른데, 하루는 길어

'시간은 왜 이렇게 빨리 가고,

하루는 왜 이렇게 길까'란 생각.

하루를 마무리할 때 항상 하는 생각이다.

긴데, 빠르다. 똑같은 24시간을 보냈는데….

이 말을 하자 어머니가 내게 말씀하셨다.

"원래 열심히 하면 시간이 잘 간다.

그런데 할 일을 마치고 집에 오면

긴장이 풀리고 피곤하니 하루가 길게

느껴지는 거지. 열심히 살아서 그래."

동네북

좋은 일은 자기들끼리 다 즐기고,

연락 한 번 안 오더니

안 좋은 일만 터지면 다 나한테 온다.

내가 무슨 동네북인가….

내 맘대로 못해서 슬퍼

몇 해 전부터 인생을 바꾸고 싶은 마음에
자기계발 교육이나 세미나, 훈련을 참가하면
동기들 중에서 내가 가장 어렸다. 그중에는
내게는 부모님뻘 되는 동기들이 굉장히 많았다.

1박 2일 집합 연수를 할 때면 엄마는 아이를
친정이나 시댁에 맡겨놓고 와야 했고,
몇 주간 매주 모이는 교육이 있으면 많은
일정을 조율하고, 주변 사람들에게 양해를
구하고 어렵게 참가하는 분들이 많았다.
그 모임에서는 서로를 "선배님"이라 부른다.

선배님들이 날 볼 때마다 했던 말이 있었다.

"대진 선배 보면 이런 생각이 들어.
나도 참 열심히 산 거 같은데,
선배 나이 때 나는 뭐했을까. 선배는 젊을 때
하고 싶은 게 있다면 마음껏 다 해봐.
나중에 나이 들고, 가정이 생기면 내가

하고 싶어도 용기가 줄어들거든. 설령
용기를 내도 현실적인 제약이 많아 쉽지 않아.
이런 거 하나도 내 맘대로 못하는 게 슬퍼.
그러니 지금 할 수 있을 때 뭐든 다 해봐."

어느 집에서 엄마, 아빠로 불릴
분들이 하나같이 같은 말을 했다.

실패가, 실패가 아닌 경험이 되고 도전하는 게
훨씬 더 자유로운 게 젊음의 특권인 거 같다.

말을 말든지

애초에 말을 하질 말든지,
실컷 상처 줄 거 다 주고, 지 할 말
다 해놓고선 "너 알아서 해"란다.
지금 누구 놀리냐고 욕하고 싶다.

아프면 나만 손해다

아프면 자기만 손해더라. 아무도 안 알아준다.

괜찮냐고 물어봐주는 건 바라지도 않지만,

내가 꾹 참고 가만히 있으니까 진짜로

괜찮은 줄 알고 별로 대수롭지 않게 여기더라.

지금까지 왜 참았을까? 안 참아도 되는데….

외로움에 익숙해진 나

오랜 시간

지속된 고독의 시간

이제는 외로움에

너무 익숙해진

나 자신을

발견하게 됐을 때

왜 이렇게 외로울까?

혼자 있어도, 같이 있어도….

누가 옆에 있어도 혼자 같다.

사람은 원래 외롭다. 인생은

결국 혼자다. 어쩔 수 없다.

고독과 외로움

고독(solitary)과
외로움(loneliness)은 다르다.

고독은
온전히 '나'라는 존재로서 있을 때만
느낄 수 있는 평안함과 고요함이고,

외로움은
외부적인 무언가가 충족되지 않을 때
느끼게 되는 불안함과 공허함이다.

고독한 시간 속에서 내가 나에게 던진
질문에 스스로 답하는 과정이 나를 성장시켰다.

내가 뭘 좋아하는지, 내가 뭘 잘할 수 있는지,
내가 뭘 이루고 싶고, 뭘 해내고 싶은지 스스로
생각해보고 정리해보는 시간을 가지는 것과
그냥 눈앞의 현실만 보고 사는 것은 다르더라.

나는 중요한 사람이다

가끔 그런 생각을 했다.

"내가 왜 원하지 않는 일을 계속하고 있지?"

내 현실을 벗어나고 싶고 자유를 얻고 싶었다.
하지만 자유는 어느 날 갑자기 찾아오는 것은
아니었다. 나를 묶고 있는 멍에 같은 현실을
피하지 않고 당당히 마주할 때, 그 안에서 배우고
극복할 때, 자유는 따라온다는 걸 알았다.
자유는 내 결단의 문제고, 선택의 문제였다.

어떻게 하면 행복할 수 있을까?
사람들의 고민을 듣다보면 빠지지 않는 질문이다.
그때마다 사람들은 늘 자기가 '하고 싶은 일',
'좋아하는 일'을 해야 행복할 거 같다고 말한다.

하고 싶은 일을 하면서 사는 게 행복이라면,
하기 싫은 일을 하고 있다면 불행한 인생일까.

내가 지금 그다지 불행하지 않다면,
이미 그게 행복하단 의미가 아닐까.

존경하는 분에게 고민을 얘기하자
그분이 이런 말을 한 게 기억난다.

"대진 씨, 제 말을 따라 해보세요.
나는 중요한 사람이다. 내가 하는
모든 일은 다 중요한 일이다."

사람들은 자꾸 일과 삶을 구분하려 한다.
인생의 절반은 잠자는 시간이고, 나머지
절반 중 상당한 시간 동안 일을 한다.
그렇다면 내가 하는 모든 일이 다 의미가 있고
과정 속에서도 행복을 발견해야 하지 않을까?
일이 곧 삶이고, 삶이 곧 일이라는 걸 받아들이지
않으면 인생의 절반 동안 불행을 선택하는 것과 같다.

물론 일하면서 행복한 감정을 갖기란 쉽지 않다.
군대를 스스로 자원해서 간 사람이 아니라면 가고
싶어서 가는 사람은 별로 없을 것이다. 그럼 군 생활
내내 불행하기만 할까? 꼭 그렇지는 않다. 결국 사람
사는 세상에서는 힘든 때도 있고 좋은 때도 함께 있다.

내게 주어진 상황에 따라 내가 그 안에서
내가 할 '역할'과 '모드'가 전환됐을 뿐이다.

바뀐 역할 속에서 그에 맞는 다른 방법으로
기쁨을 누리고 재미를 느끼고 행복해야 한다.

'내 일'을 소중히 여기는 사람에게
오늘보다 더 빛나는 '내일'이 있다.

오늘을 사는 모습을 보면,
그 사람의 내일이 보인다.

내가 소중하고 가치 있는 사람이란 걸 믿는다면
나는 중요한 사람이며 내가 하는 모든 일들이
중요하다는 것 또한 믿어야 한다.

일과 삶을 일치시키는 삶의 모델이 되어준 분은 1인 기업의 구루,
《삶을 바꾸는 10분 자기 경영》의 저자 김형환 교수님이다.

잘하고 싶은데 안 될 때

정말 잘하고 싶은데…

그게 마음대로 잘 안 될 때,

생각만큼 몸이 안 따라줄 때,

마음이 너무 속상하다….

'호박벌'이 아마 그랬을 거다.

호박벌은 태생적으로 날 수 없는

신체 구조를 가졌다. 몸통은 크고 뚱뚱한 데 비해

그 날개는 너무도 작고 볼품없기 때문이다.

전문가들은 기체역학이론상 호박벌의 작은 날개는

충분한 양력(물체가 뜨는 힘)을 받을 수 없고,

날기는커녕 이론상 떠 있는 것조차 불가능하다고 했다.

하지만 호박벌은 모두가 날 수 없다는 이 날개로

하루 평균 수천 리를 날아다닌다고 한다.

어떻게 호박벌은 날 수 있게 된 걸까?

호박벌에게는 꿀을 채취해야 한다는 목표가 있었다.

이를 잘 해내기 위해서는 어떻게든 잘 날아야 했다.

잘 날려는 그 일념은 날개 안쪽 근육의 현저한
발달을 가져왔고, '초당 250회'의 날갯짓은 결국
자기 신체의 한계를 극복하게 만들었다.

내가 가진 날개가 작고, 부족하고,
볼품없어 보일 수도 있다. 하지만
호박벌이 수천 리를 날 수 있는 건
대단한 날개를 가져서가 아니라
날갯짓을 멈추지 않기 때문이다.

속상할 수도 있고, 실망할 수도 있다.
하지만 포기하지 않으면 당신도 할 수 있다.
자신이 원하는 삶을 향한 날갯짓을 멈추지 말자.

사람이 어쩜 그래

사람이 어쩜 그래?
진짜 해도 해도 너무한 거 아니야?'

'내가 그렇게까지 잘해줬으면,
나 같으면 미안해서라도 안 그럴 텐데…'
라는 생각이 들 때가 있다.

서운한 마음이 드는 건 어쩌면 당연하다.
하지만 서운한 감정만큼 나를 급속도로
불행하게 만드는 감정도 없더라.

'사람이 어쩜 그래' 보다는
'사람이니까 그럴 수도 있지'
라고 생각하고 털어버리자.

나 자신으로 살자

남들이 나에 대해 뭐라고 떠들든…
나는 그저 나일 뿐이다. 그들의
판단과 편견이 진짜 내가 될 수 없고,
그들이 어떤 생각을 하느냐는 사실
그렇게 중요하지 않다.

모든 사람들이 다 나를 좋아할 순 없다.
모든 사람에게 인정받을 필요도 없다.
그건 애당초 불가능하다. 그 말은 내가
애초에 불가능한 일로 상처받고, 삽질할
필요가 없단 말이다. 끌려다닐 필요가 없다.
나는 그저 나 자신으로 살면 된다.

힘들 때 가장 먼저 생각나는 사람

힘들 때 가장 먼저

생각나는 사람….

좋은 걸까, 안 좋은 걸까.

안 힘들 때도 찾으면 좋겠네….

나에게 필요한 것들

남과 나를 비교하지 말 것.
'비' 참해지거나 (열등감) '교' 만해지거나 (우월감)
결국 둘 중 하나일 뿐. 스스로 불행해지지 말자.

있는 그대로를 사랑할 것.
세상에서 단 하나뿐인 '유일'한 사람이기에
당신은 당신이란 이유 하나로 특별한 존재.

그 모습에 멈춰 있진 말 것.
'어제의 나' 보다 나은 내가 되기 위한 노력을
멈추진 말자. 충분히 더 잘될 수 있으니까.

늘 좋을 수만은 없겠지

늘 좋을 수만은 없을 거다.
마찬가지로
늘 안 좋으리란 법도 없다.
결국은 다 지나가고,
돌고 도는 거니까.
얽매이지도, 후회도 말자.
오늘을 소중히 보내자.

나도 틀릴 수 있고,
너도 틀릴 수 있다.
방법이 틀리거나 실수한 것이
인생을 실패한 것이 아니다.
그러니 부끄러워하지 말자.
'매일 조금씩 덜 틀리는 법'을
배워가는 사람이 되면 된다.

누가 나에 대해서

뭐라고 떠들어도

나는 그저 나일 뿐

그 가치는 결코

변하지 않아.

자신감/우월감, 겸손/열등감

우월감

내가 남보다 잘났다고
여기는 '교만함'

자신감

내가
나를 사랑하기에
자신의 가치와
자신의 선택을
믿어주는 것

열등감

내가
남보다 못났다고
여기는 '비굴함'

겸손

내가
나를 사랑하기에
스스로 낮아지고
상대를 기꺼이
높여주는 것

탈출

훌쩍 어디론가 떠나고 싶다.
다 내려놓고 탈출하고 싶다.
나를 옭아맨 사슬을 풀고,
자유롭게 벗어나고 싶다.

마지막에는, 결국에는

너무 걱정하지 말자.

눈치 보지도 말자.

결국에는 반드시 잘될 사람,

마지막 순간에는 웃을 사람.

그게 바로 너니까.

행복 스위치

'잘난 사람'은 아닐지
몰라도, 나란 사람이 결국에는
'잘될 사람'이라는 걸
끝까지 믿어주면 좋겠어.

'오늘 넌 잘돼.
무조건 잘돼.
온 우주가 널 도울 거야.'

'어떤 선택을 하든,
너는 잘될 것이다.
어느 길을 가든지,
너는 빛날 것이다.
너는 될 사람이다.'

'제일'은 아니어도, '유일'한 사람이기 때문에
오늘도 난 소중한 나를 응원해주고 싶다.

뜻이 있는 곳에 길이 있다면
네가 걷는 그 길은 언제나
'꽃길'이면 좋겠어.

이 문장들은 읽기만 해도
기분이 좋아지는 말들이다.

사람에게도 기운이 전해진다.
"오늘 따라 기운이 없어 보여"
라는 말을 하듯 말이다.

기분과 기운은 연결돼 있다.

기운이 없을 때는
기분을 바꿔보자.

행복이 행복일 수 있는 이유는
내 행복의 정의를 내릴 수 있는
사람이 '자신'이기 때문이다.
복이 있는 곳을 찾아 헤매는 것이
아니라 내가 '스위치'란 걸 알고,
누르면 바로 그 순간 행복해진다.

부족해서 행복하다

나는 부족한 사람이다.

하지만 부족함 덕분에

매일 조금씩 채워가는

즐거움을 느끼고 새로운 것을

배우며 성장하는 기쁨을 경험한다.

나는 부족함이 부끄럽지 않다.

나는 결과보다 과정에서도

행복을 매일 누리며 살 것이다.

내가 봐야 할 곳을 보면서 살자

한 남자가 있었다. 그는 카레이싱을
배우고 싶었다. 훈련을 받기 위해서
그는 어느 날 전문 코치를 찾아갔다.

훈련 받는 첫날, 엄청난 속도에 압도돼
그는 정신이 없었다. 코너를 돌 때마다
차가 미끄러졌고, 벽에 부딪히지 않으려
자꾸 벽을 신경 쓰게 됐다. 하지만 벽을
피하려고 하면 할수록 부딪힐 것 같은
공포감은 자꾸만 커졌다.

그때 옆에 있던 코치가 그 남자의 머리를
잡더니 그가 가야 할 방향으로 고개를 확 돌렸다.
코치는 그를 향해 소리쳤다.

"벽을 보지 말고, 가야 할 길을 봐!"

벽에 충돌할 것만 같은 공포와 두려움에도
억지로 계속해서 가야 할 길만 보며 운전하자
얼마 후 자연스럽게 핸들을 움직일 수 있게 됐다.
결국 안전하게 골인 지점에 도착해 차를 세웠다.

벽을 피하려고 하면 벽에 부딪힌다. 하지만 가야 할 길을
바라보면 벽에 부딪히지 않고도 골인 지점에 도착한다.
전문 레이서들은 이를 잘 안다. 자신이 바라보고,
생각하는 방향으로 차가 움직인다는 사실을 말이다.

두렵더라도 억지로라도 내가 가야 할 방향에
내 시선과 생각의 초점을 두는 게 중요하다.
우리가 봐야 할 건 벽이 아니라 가야 할 길이다.
그 길 끝에 원하던 골인 지점이 기다리고 있다.

물론 '벽을 보면 안 돼, 길을 봐야 해!'란 생각을 해도
그 생각이 몸으로 바로 쉽게 옮겨지는 것은
아니다. 그렇게 되기까지는 반드시 시간이 필요하다.

계속 벽을 두려워하며 운전하는 사람과
가야 할 길과 목표를 보려고 억지로라도 애쓰고
발버둥 치는 사람의 결말은 전혀 다르다.
사람의 인생도 마찬가지다.

자기가 바라보는 꿈에 가까워지고,
자기가 바라보는 사람을 닮아간다.

마음에 꿈을 담으면,
갈수록 꿈을 닮는다.
사랑하는 이를 마음에 담으면,
사랑하는 만큼 그를 닮아간다.
마음에 뭔가를 담는다는 건
그걸 계속 바라봤다는 거다.

내일이 더 기대되는 너

어렸을 때 어머니는
내게 말씀하시곤 하셨다.

"너는 특별한 아이야.
특별한 사람은 말도 행동도
항상 남다르게 해야 한단다."

어른이 된 지금도 어머니는
실패하고 좌절했을 때, 낙담해 있을 때,
내가 일이 잘 안 풀려 표정이 어두워
보일 때, 내게 이렇게 말씀하신다.

"네가 얼마나 소중하고 특별한데, 너는
오늘보다 내일이 더 기대되는 사람이야."

그 한마디에 내 마음 깊은 곳에서부터
새로운 힘이 솟아났다.

내 삶의 온도는 내가 결정하면 좋겠다

해낸 것에 집중하면

더 잘하고 싶은데,

못한 것에 집중하면

더 하기 싫어진다.

단어를 바꾸면 좋겠다.

해낸 건 작은 성공의 조각이고,

못한 건 또 하나의 목표일 뿐이다.

작은 성취감이라는 씨앗이 쌓여서 자존감이란 꽃을 피운다.

매일 작게 시작하고, 작게 이뤄가면 된다. 아무것도 안 하면 자
존감은 계속 떨어질 뿐이다. '무조건 잘될 거야, 나는 있는 그대
로 소중해' 같은 최면과 자기 암시보다는 '잠자기 전에 폰 안 만지
기', '아침에 일어나서 따뜻한 물 마시기'처럼 단순한 목표를 스스
로 정하고 그걸 한 번이라도 지키면 진짜로 자존감이 높아진다.

매일 내가 나를 좀 더 좋아하고 싶은 이유,

누가 안 시켜도 내가 더 잘 해내고 싶은 이유,

그런 열정을 나 스스로가 매일 만들어가면 좋겠다.

내 삶의 온도는 내가 결정하면 좋겠다.

자신을 사랑한다는 것은

인생은 한 번뿐이니까
'나 하고 싶은 거 마음대로 다 하고 살자'가 아니라
훗날, 오늘의 내 모습을 돌아봤을 때
자신에게 부끄럽지 않도록 후회 없이 살자는 것.
그리고 내가 하는 일은 중요하다고 믿는 것.
의미 있는 삶을 살려는 노력을 멈추지 않는 것.
'쉼'은 다시 달리기 위한 준비라는 걸 아는 것.

진짜로 나 스스로가 특별하고 소중하다고 믿는다면
대충 살 수가 없지 않을까. 의미 있는 하루를 살려고 하는 게
자신에 대한 존중이 아닐까.

내가 있는 그대로 소중한 존재이니까
아무것도 안 해도 된다, 가만히 있어도
소중한 존재다, 쉬어라, 괜찮다가 아니라

내가 있는 그대로 소중한 존재이기에
내가 있는 그곳이 어디든 그곳에서
매일 소중한 의미를 더하며 살아야지.

더 좋은 날, 더 좋은 나

어떤 사람들은 "힘들다"라는 말을 입에 달고 산다.
우울하다고 얼굴에 쓰여 있다. 그들과 같이 있으면
나까지 힘이 빠진다. 바빠서 새로운 걸 시도할
시간이 없단다. 지나치게 남의 시선을 신경 쓴다.
다른 사람과 자신을 비교하며 자신을 자책한다.
아무리 좋은 말을 들어도 부정적으로 받아들인다.

어떤 사람들은 "된다"는 말을 한다. 새로운 걸 배우고,
새로운 사람들을 만나며 새로운 도전을 한다. 같이
있으면 나까지 힘이 난다. 바쁘니까 시간을 내서
미래를 위한 씨를 뿌린다. 자기 자신과 경쟁한다.
끊임없이 자신을 점검하고 피드백을 한다.
아무리 어려운 상황에도 숨겨진 기회를 발견한다.

'더 좋은 날'을 맞이하려면
'더 좋은 나'가 되면 된다.

그냥 뛰어, 가슴은 따라 뛰니까

'하고 싶은 일'을 다 하고 산다고 해서
행복한 건 아니다. 유명인들이 하고 싶은 걸
다 못해서 극단적인 선택을 하는 게 아니니까.

'해야 할 일'을 제대로 잘해낼 때, 그 일을 통해서
내가 부족한 부분을 발견하고, 깨닫고, 채우고,
내가 성장한다고 느낄 때 사람은 행복을 느낀다.

하고 싶은 일을 하면서 살고 싶다면 우선 나에게
주어진 일부터 제대로 잘해보려고 노력하는 게
나 자신에 대한, 내 인생에 대한 예의다.

사람은 해야 할 일을 제대로 해낼 때,
성장한다고 스스로 느낄 때 행복하다.
그러한 성장이 축적되면 결과적으로 내가 하고
싶은 일을 선택해서 할 수 있는 사람이 된다.

자기가 하는 일이 가슴
뛰지 않는다고 말하는 사람들이 있다.
우스갯소리로 맨날 가슴이 뛰어야 하면
"그러다 심장병 걸려 죽어!"라고 말하곤 했다.

더 이상 가슴 뛰는 일을 찾아 헤매지 말자.
그냥 열심히 뛰어보자. 가슴은 따라서 뛴다.

이 세상에 가슴 뛰는 일
이란 건 존재하지 않는다.
가슴 뛰게 사는 사람이
그냥 일을 할 뿐이다.

상처는 스토리가 되고

어렸을 적의 일이다.

어머니가 아파서 외갓집에 누워 있었다.

외할머니가 죽을 쑤었는데, 내가 직접

어머니에게 갖다 드리겠다고 고집을 피우다

그만 사고가 났다. 금방 전까지 펄펄 끓고

있던 죽 그릇을 가지고 가다 뜨거워서

그만 그릇을 놓쳤다. 죽 그릇이 내 발등으로

떨어졌다. 울고불고 난리가 났다.

며칠 내내 커다란 물집이 생겼고, 20년이

훌쩍 지난 지금도 그 흉터 자국이 남아 있다.

그 당시에는 너무 아파서 아무 생각도 안 났지만,

지금 내 흉터들을 보면 그때의 고통은 생각나지

않고, 걱정스런 표정을 지으며 약을 발라주고

반창고를 붙여주던 어머니의 모습만 생각난다.

살면서 겪고, 앞으로 겪게 될 모든 아픔과 고통스런
경험들이 그에게 지우지 못할 상처와 자국을 남길 수도 있다.
하지만 고통은 곧 지나간다. 고통이 지나간
그 자리를 무엇으로 채우느냐가 더 중요하다.

삶은 모든 아픔 뒤에 그 사람에게
소중한 무언가를 함께 선물한다.

시간이 지나고 보면 '나를 죽이지 않을 정도의 고통'은
소중한 무언가를 가르쳐준 '나의 스토리'가 되는 거 같다.

자신을 사랑할 것.
나는 있는 모습 그대로 소중하다는 것.

 신뢰하고 믿을 것.
나는 결국 될 사람이라는 걸 믿을 것.

 감사하며 가까할 것.
남에게 가꾸지 않고, 자신을 가꾸할 것.

이 또한 지나가리라

네 잘못 아냐

네 잘못 아니고,

네 탓 아니야.

그러니 너무 신경 쓰지 마.

어차피 이것도 결국

다 지나갈 일이고,

잊혀질 일이야.

빛나는 사람

너는 빛나는 사람이야.

밝은 곳을 찾아 헤매는 사람이 아니라

네 안에 빛이 있어서

네가 어딜 가든지

그곳은 너로 인해 밝아질 거야.

네 안에 있는 그 빛을 잃지 말자.

제일, 유일

'제일' 가는 사람이 되려 하면
온 세상 사람이 '경쟁자' 가 되지만,
'유일' 한 사람이란 걸 아는 순간에
우린 각자가 '소중한 존재' 가 된다.

'넘버 원' 이 되기 위해 살면
1등의 왕좌는 하나뿐이라
1등을 제외한 나머지는 불행해지지만,
'온리 원' 이 되면 나도 행복하고
다른 사람들도 행복하게 만든다.

말의 힘

당신은 잘될 사람,

지금도 잘 살고 있는 사람,

결국엔 더 잘될 사람이에요.

'말의 힘'을 믿어봐요.

중요한 순간에 두렵고 떨리는 감정이

불쑥 몰려올 때면 이렇게 외쳐보자.

"와, 설렌다!"

생각하는 걸 입으로 말하는 것 같지만,

말하는 대로 생각하게 되는 것도 맞다.

설렌다고 말하는 순간, 사람의 뇌는

그 떨리는 긴장감을 '두려움'이 아니라

'설렘'으로 인식하기 시작한다. 왜냐면

설레서 떨릴 때와 긴장돼서 떨릴 때,

몸이 받아들이는 증상이 같기 때문이다.

말 하나만 바꿔도 인생이 바뀐다.

내 말 바꾸는 데 돈 안 든다.

박수 쳐줘야 할 사람

연말만 되면 연말 시상식이 TV에서 계속 나온다.
많은 사람들이 습관적으로 시상식을 보며 연말을 보낸다.
한 해를 돌아보며 반성하고, 내년 계획을 세우면서
내 인생에 집중하기보단, 나와 관계없는 스타들의
시상식을 보며 그들을 향해 박수 치고, 그들의 삶을
부러워하고, 어떤 연예인은 어떤 건물을 샀고, 누구와
사귀고, 어떤 상을 받았냐는 등 나와 아무런 관계도
없고, 만날 일조차 없을 곳에 소중한 내 시간을 쏟는
때가 있다. 내가 진짜로 박수 쳐주고, 응원해주고, 항상
믿어주며 격려해줘야 할 사람은 '나 자신'이다.

'세상에서 제일 쓸데없는 걱정이 연예인 걱정'이라는
말이 있다. 내가 굳이 신경 안 써도 그들은 나보다
훨씬 더 잘 먹고 잘 산다. 그러니 나에게 집중하자.

"나는 잘될 것이다. 나는 될 사람, 결국 잘될 사람이다."
그렇게 계속 나를 응원해주자. 더 이상 남한테만
박수 쳐주지 말고, 오늘도 힘든 하루를 잘 견뎌낸
내게도 쳐주자.

한 사람만 있으면 돼

결과와 상관없이 무조건적으로
나를 지지해주고, 응원해주는
'한 사람'만 있다면…. 그래도
세상살이가 살 만할 것 같다.

마음 맞는 친구
한 명만 있어도
그래도 인생이 살 만하다.
그 '한 명' 얻기가
쉽지 않은 게 문제지만….

있다면 성공한 인생이다.

꽃들도

별일이 다 일어나는 세상에서
별일이 없이 사는 게 얼마나
감사한 일인지 그땐 잘 몰랐다.

내가 계획하지 않은 갑작스런 위기가
닥치고 나서야 집 밖을 나가서
사람을 만나며 보낸 일상의 소중함을 알았다.

일상에서 꿈을 찾아 헤맸는데,
이제는 일상이 꿈이 되었다.

당연하게 보내던 일상이
결코 당연한 게 아님을,
아무 일이 없는 평범한
일상이 얼마나 감사한지
하루하루 깨닫게 됐다.

삶으로 쓴 내 이야기가 씨앗이 되어
곳곳에서 울음소리가 가득한 이때에

얼른 웃음소리가 꽃피었으면 좋겠다.

지금 눈물의 골짜기를 지나가는 중이라면,
이제 머지않아 웃음소리가 넘쳐날 것이다.
눈물을 흘려가며 뿌렸던 씨앗은 아름답게
꽃을 피우고, 풍성한 결실을 맺을 것이다.

어느덧
추운 겨울은 가고
다시금 봄이 왔다.

창밖으로 보이는 저 꽃들도,
하늘 곳곳에 밀려온 구름도,
봄의 소식을 전하는 바람도,
내게로 밀려오는 저 바다도.

다시금 웃음을 찾아줄 것이다.

괜찮아

우린 어쩌면 많은 말보다도 그저 인정받는단 느낌,

내 있는 모습 그대로를 인정해주길 바랐던 것 같다.

다그치고, 가르치려는 게 아니라

"괜찮아?"라는 질문 한마디와

"괜찮아!"라는 대답 한마디….

그 한마디에 담긴 애틋함이 그리웠던 것 같다.

결과보다 과정이야

'눈부신 결과'에 대한 박수보단

'눈물 나는 과정'에 박수를 보내고,

그 사람이 가진 '아이템'보다는

그 사람의 '존재 자체'를 사랑해주는

그런 사람이 되어주고 싶었다.

나는 그저 나로

당신, 지금도 충분히 빛나요.

그 모습 자체로 사랑스러워요.

그러니 당신도 자신을 인정해줘요.

우리는 누구와의 비교 대상이 아니라

나는 그저 나로 살면 되니까요.

남 눈치 보지 마요

남의 눈치 너무 볼 필요 없어요.

사람들은 생각보다 다른 사람에게

관심이 없고, 자기 살기에도 바쁘고

벅차거든요⋯. 그러니 눈치 보지 마요.

나라고 못하란 법 없다

사람은 누구와 만나느냐가 정말 중요하다.
사람은 자기가 자주 만나고, 자주 생각하고,
자주 대화하는 사람을 닮아간다.

일본의 한 유명한 경제학자 오마에 겐이치는
"인간을 바꾸는 3가지 방법" 중에서 첫 번째가
'만나는 사람'을 바꾸는 것이라고 했다.

맨날 죽는 소리만 하고, 맨날 힘 빠지는 얘기만 하고,
맨날 '안 된다, 못한다'는 말을 입에 달고 사는 사람이
내 주변에 많다면 나도 영향을 받아서 그들을 닮아간다.
당신이 지금 무기력하다면 당신만의 잘못은 아니란 거다.
하지만 계속 그렇게 머물러 있으면 그건 당신 잘못이다.

함께 있으면 힘이 나고, 활력이 생기고, 열정이 생기고,
항상 '할 수 있다'는 말을 하는 사람과 시간을 보낸다면
마찬가지로 나는 그들을 닮아간다. 나에게 긍정적인
영향을 주는 사람들을 만나자. 행복하고, 성공적이고,
또 남을 배려하고, 격려해주며 힘을 주는 사람들을 만나자.

그러다 보면 나도 결국 그런 멋진 사람이 될 거다.

그 사람이 해서 됐다면, 나라고 못하란 법 없고,

결국 '다 같은 사람'이다. 나도 얼마든지 할 수 있다.

버티는 건 약자가 아냐

하루하루 간신히 버티고 있다고 생각할 수 있다.
그런 자신이 정말 나약한 존재로 보일 수도 있다.
하지만 버티는 과정에서 겨울이 가고,
봄이 오고, 꽃이 자라났듯 당신도 어제보다 더
성장했다는 걸 알았으면 좋겠다. 버티는 것은
결코 '약자'가 아니란 걸 알았으면 좋겠다.

새는 떨어질 것을 알고도 날개를 움직인다

이른 아침이었다.

집 밖을 나와 걷는 중 참새 소리가 들렸다.

참새 여덟 마리가 전봇대 사이로 연결된 전깃줄에

일렬로 앉아 있다가 한 마리가 날기 시작하자

이어서 일곱 마리가 따라간다. 그런데 이들이

날아가는 모습을 보며 신기한 점을 발견했다.

'왜 새들은 날아갈 때 곧바로 하늘을 향해 비행하는 게

아니라 잠시 아래로 떨어졌다가 위로 올라가는 것일까.'

가만 생각해보면 나무에 둥지를 튼 새들이 자신의 둥지를

떠날 때는 아래로 떨어지는 시간이 반드시 있다. 곧바로

하늘 위로 올라갈 수 없다. 그렇다면 사람은 어떨까.

"새는 알을 깨고 나온다. 알은 세계다.

태어나려는 자는 세계를 파괴해야만 한다."(헤르만 헤세)

자신의 둥지를 떠나는 사람은

익숙한 환경을 떠나는 것이다.

새로운 환경과 문제 속에 자신을 던지면

누구나 먼저 내려간 다음에 위로 올라간다.
내려간다는 건 의심과 침체, 좌절과 실패일 것이다.
이때 느끼는 두려움이라는 감정이, 과거의 경험이
우리가 새로운 삶을 향한 비행을 시도하는 데
어쩌면 가장 큰 장애물인 것 같다.

하지만 새가 날갯짓에 탄력이 붙기 시작하면
떨어지다가도 다시 위로 올라간다.
내가 원하는 삶을 살기 위해서는
이 세 가지의 힘이 꼭 필요하다.

둥지를 떠날 수 있는 '용기',
비행할 수 있을 거란 '믿음',
날갯짓을 안 멈추는 '지속'.

내가 원하는 삶을 살기 위해서는
반드시 이 세 과정을 거쳐야 한다.
떨어질 것이 두려워 둥지를 떠나지
않으면 아무 일도 일어나지 않는다.

정작 자신은 몰라

어린아이를 오랜만에 보면 예전보다
키가 훨씬 큰 걸 보고, "많이 컸구나"라 하죠.
하지만 크는 자신은 정작 자기가 컸는지
잘 몰라요. 이처럼 어른이 되고 나서도 그래요.
내가 이전보다 얼마나 성장하고, 깊어졌는지
자기는 잘 몰라요. 지금 당신도 많이 컸어요….

좋은 일은 선물처럼

사람 일이란 게 꼭 안 되란 법도
없고, 계속 힘들란 법도 없다.
좋은 일은 선물처럼 생각하지도
못한 때 찾아오는 것 같다.

지금 이 순간

지나간 '어제'의 일보단

다가올 '내일'을 꿈꾸자.

오지 않는 내일보다는

'지금 이 순간' 더 행복하자.

충분히 잘하고 있어

충분히 잘하고 있어.

너무 불안해하지 마.

지금 불안하다면…

잘하고 있다는 증거야.

불안은 눈물겨운

노력의 훈장이야.

해 뜰 날이 온다

인생의 어려움을 겪던 시절, 새벽에 눈이 떠졌다.
침대에서 한참을 뒤척이다가 잠이 오질 않아서
밖으로 나왔는데 갈 곳이 없었다. 폰 요금을 내지
못해서 공용 와이파이가 있는 곳으로 갔다.
마감하고 불이 꺼진 카페였는데, 건물 벽에 있는
의자에 앉아 조금이라도 신호가 더 강한 곳을
찾아 벽에 껌 딱지처럼 착 붙어 있는 내 모습이
처량하게 느껴졌다. 그날 따라 하늘에 달빛은
왜 그리도 밝은지… 이어폰을 꼽고 내게 희망을 준
노래 〈You know better than I〉를 계속 들으면서
숨죽여 홀로 눈물을 흘렸다. 그렇게 얼마쯤 시간이
지났을까. 어느 덧 해가 뜨고 있는지 다시 세상은
밝아지고 있었고 하루의 시작을 준비하고 있었다.

일어서서 집으로 돌아와 책상에 앉았다.
그리고 노트에 이렇게 적었다.

"밤이 깊어졌다는 것은
곧 새벽이 다가오고

해가 뜰 거란 의미이듯.

우리 인생에도 반드시

해 뜰 날이 온다. 힘내자."

행복했으면 좋겠어

오랜 시간 잘 참고 버텨왔잖아.

그러니…이제 잘될 일만 남았다.

잘될 거라고 꼭 얘기해주고 싶다.

네가 정말 행복했으면 좋겠어. 늘

변함없이 너를 응원할게. 힘내자.

끝나봐야 안다

한때 잘나가던 사람들도
한 방에 나가떨어지는 경우가 있고,
한때 바닥 쳤던 사람들도
어느 순간 훨훨 날아다니기도 한다.

그런 걸 보면, 역시 사람의 인생은
앞으로 어떻게 될지 알 수 없는 일이다.
그러니 매 순간 온 힘을 다하고, 동시에
겸손해야 한다는 걸 배울 수 있었다.

정말로 중요한 건
'지금의 내 모습과 내 현실, 내 처지'가 아니라
'내가 지금 어제와 다른 무엇을 하고 있느냐'다.

그리고 뭐든 함부로 단정 짓지 말아야 한다.
중요한 건 '진실'이니까. 무엇이 진실인지만 보자.
내 눈앞에 일어난 문제를 과장하지도 말고,
이 고통이 영원할 거라고 왜곡하지도 말고,
그저 눈앞에 놓인 것에서 '진실'만을 보자.

그럼 진실은 뭘까?

내가 지금 살아 있다는 건 지금까지 삶이

던져준 문제들을 다 이겨냈다는 것이고,

나는 여전히 살아 있다는 것이다. 그리고

내가 인생을 잘 살았는지, 못 살았는지

결론은 끝나봐야 안다는 거다.

지금 당장에 힘들다고, 잘 안 된다고

함부로 내가 나를 단정 짓지는 말자.

원래 사는 건 힘들다

처음 시작하는 사람은 말한다.

"사는 게 참 힘들다. 나름 열심히 한다고 했는데,
왜 이렇게 되는 게 없는지. 이것도 제대로 못해가지고
내가 앞으로 뭘 해낼 수 있을까."

오래 살아온 사람도 말한다.

"사는 게 참 힘들다. 시간은 또 왜 이렇게 빠른지.
무엇 하나 제대로 이룬 건 없고, 나이만 먹은 거 같다.
지금까지 내가 뭐 하고 살았는지 모르겠다."

처음부터 잘하는 사람, 완벽한 사람이 어디 있겠나?

부족하니까 사람이고, 모르면 배우면 되는 거다.

뭐든 시간이 필요하다. 오래 살았어도 미래는 여전히
겪어본 적 없는 미지의 영역이다.

불은 아이에게든 어른에게든 똑같이 뜨겁다.

누구에게나 삶은 무겁고 힘들다.

원래 사는 게 제일 힘든 일이다.

우린 모두가 인생을 미리 살아본 적이 없고,

모두가 인생은 처음이고, 모두가 아마추어다.

그러니 나의 부족함은 '실망의 이유'가 아니라

새로운 것을 배워가는 '소망의 이유'일 것이다.

특별한 목적

어제 내린 비가 오늘의 꽃을
자라게 했고, 어제 흘렸던 눈물이
나를 더 성장시켰으니까. 세상
모든 아픔이 그 순간에는 도무지
이해가 안 되고 피하고 싶어도… 저마다
이유가 있고, 삶이 던져준 문제들은
모두 특별한 목적이 있는 법이다.

살아 있으니 의미 있는 거다

못살고 싶은 사람이 어딨나.
누가 망하고 싶어서 망했나.
누가 실수하고 싶어 실수했겠나.

나도 잘 살아보고 싶었고,
나도 정말 잘해보고 싶었다.
그게 잘 안 돼서 그랬지.

그런데
다 알고 사는 사람이 어디 있을까.
모르고 살고, 몰라도 사는 거고,
태어났으니까 의미가 있는 거지.
사람 사는 건 결국 다 똑같다.

알고 모르는 게 중요한 게 아니다.
지금 살아 있다는 게 중요한 거고,
결국 살아 있으니까 의미가 있다.

인생의 겨울을 먼저 보낸 사람

'봄-여름-가을-겨울' 보다는

'겨울-봄-여름-가을'로 살아요.

인생의 겨울을 먼저 보낸 사람에겐

봄의 햇살이 더 따뜻할 테니….

아니까 못 내려놓지

세상에 쉬운 게 없다는 건
잘 알겠는데, 그래도
조금만 쉬웠으면 좋겠다.
어깨가 무겁다.

내 인생에도 곧 해 뜰 날이 온다

내 인생에도 곧
해 뜰 날이 온다.
분명 잘될 거다.
나라고 안 되란 법
없잖아. 힘내자.

행복이 행복일 수 있는 이유는
내 행복의 정의를 내릴 수 있는
사람이 '자신'이기 때문이다.

 복이 있는 곳을 찾아 헤매는 것이
아니라 내가 '스위치'란 걸 알고,
누르면 바로 그 순간 행복해진다.

생각하는 대로 된다

생각하는 대로 된다

현실을 마주하는 내 마음이 내가 살고 있는
지금의 현실을 천국으로도, 지옥으로도 만든다.
내가 처한 상황과 환경, 외부로부터 오는 모든
문제와 사건들을 내가 다 어찌할 순 없다.

그건 마치 배를 모는 선장이 날씨를 보며 걱정하는
것처럼 무의미한 일일 거다. 하지만 그 상황 속에서
내가 어떻게 반응할지, 그 문제를 어떻게 해석할지,
내가 어떻게 행동을 취할지는 내가 결정할 수 있다.

인생이라는 항해를 할 때, 내가 '나'라는 배를 모는
선장으로서 비바람이 부는 날씨를 보며 사서 걱정하기보단,
내 배의 키를 단단히 잡고, '배의 방향'을 내가
선택하는 건 어떨까. 나에겐 그 선택권이 주어져 있다.

항해가 두려워서 평생 항구에 가만히 머물러
있다가 서서히 녹슬어 침몰하는 침몰선이 될지,
다른 사람의 인생을 멀리서 구경하며 남과 나를
비교하고 부러워하며 관람하는 유람선이 될지,
거침없이 파도를 뚫고 전진하며 나도 지키고
사랑하는 사람들도 지킬 수 있는 전투선이 될지
그 모든 선택은 나에게 달려 있다.

결국 내 인생은 내가 생각하는 대로 된다.

네 삶 속에 감4가

넘쳐났으면 좋겠어.

감사. 감탄. 감격. 감동.

너는 분명 그렇게 될 거야.

감4가 넘치는 사람이.

감사함, 간사함

'감사함'을 표현하면
감동이 되는데,
묵혀두면 다 잊고
'간사함'으로 바뀌더라.

'고마운 마음'은 금방
잊어버리고 흐릿해지는데,
'서운한 마음'은 금세
커져버리고 선명해지더라.

감사함이 간사함으로
바뀌는 중간 지점에는
'표현'이 있다.

너무 많은 생각하지 마요

너무 많은 생각은 하지 말고,

일단 그냥 막 해봐요. 사실,

인생에서 정말로 중요한 건 내가

직접 해보는 거고, 해봐야 알 수 있다는

거였거든요. 결과는 하늘에 맡겨요.

'안 된다'는 말보단,

'못한다'는 말보단,

일단 해보고 나서

정해도 늦지 않으니까.

내가 할 수 있는 것만 고민해

나는 내가 할 수 있는 일만 '고민'하면 돼요.
내가 어찌할 수 없는 일들을 '걱정'하는 건
어리석고, 소모적인 거니까. 내게 없는 걸
남이 가졌다고 슬퍼하기보단, 내가 이미
가지고 있는 나만의 장점이 뭔지 생각해봐요.

'어찌지…'를 '어떻게?'로 바꿔보세요.
'어쩌면 좋아…'를 '어떻게 하면 좋을까?'
'어떻게 하면 이룰 수 있을까?'로 바꿔보세요.

'어찌지…'는 아직 일어나지도 않은 망상이고,
'어떻게?'는 해결책을 찾기 시작한 현실이에요.

내가 이미 가진 것으로 어떻게 하면
내가 바라는 걸 얻을 수 있을지 계속
고민해요. 고민은 답을 찾기 마련이니까.
깊은 고민이 좋은 결과를 만들어냅니다.

다 헛수고라는 걸 알았을 때

〈백종원의 골목식당〉이란 프로그램을 종종 챙겨본다.
23년간 떡볶이를 만들어온 한 할머니가 있었다.
20년을 하루같이 매일 양념장을 연구하고 만들었지만
할머니의 떡볶이를 먹은 백 대표는 말했다.

"여태까지 먹어본 떡볶이 중 제일 맛없다."

53년 평생 제일 맛없는 떡볶이라 하고,
만들어 둔 양념장은 다 버리라고 했다.

그 말을 들은 할머니의 심정이 과연 어땠을까.
할머니는 충격을 받지만 그다음이 중요했다.

백 대표는 시중에서 구할 수 있는 고추장을 가져왔다.
기본에 충실한 떡볶이를 만들자 짧은 시간 안에 훨씬
맛있는 떡볶이가 완성됐다. 그 후 손님들이 바로 붐비기
시작하고, 여기저기서 "맛있다"는 말이 들렸다.

20년 만에 처음 느껴본 활기찬 가게를 보며
할머니는 새 떡볶이를 입에 넣더니 눈물을 흘렸다.
그 눈물과 이어진 한마디가 인상 깊었다.

"여즉 힘들게 장사했네…."

그 모습을 보면서 여러 감정을 느꼈다.
20년간의 축적된 노력이 헛수고라는 게
밝혀지기까지는 몇 분도 걸리지 않았다.
특별한 비법이라도 있었다면 덜 억울할 텐데,
누구나 따라 할 수 있을 만큼 너무도 간단했다.

만약 누군가로부터 내가 한 모든 노력이
헛수고였다는 말을 들으면 어떻게 반응했을까?

어떻게 그 할머니는 20년간의 짐을
던져버리고 새로운 출발을 할 수 있었을까?

그건 아마도 '생각의 차이'일 것이다.

타인의 지적을 받아들였기에 가능했다.

'어떻게 나한테 그런 말을 할 수 있지?'

상대의 지적을 '상처'로 받은 게 아니라

'내가 부족한 게 뭘까? 뭘 바꿔야 할까?'

도리어 '질문'을 던졌기에 가능했다.

타인의 지적에(인격적 무시나 조롱이 아니라

내 노력에 대한 객관적인 평가) 어떻게

반응하느냐에 따라 한 사람의 운명이 결정된다.

문제에서는 감정을 빼야 이길 수 있다

내가 생각하기에 나는 최선을 다했다.
진짜 간절했고, 열심히 했다. 그랬는데
안 됐기 때문에 그래서 더 속상할 거다.

그럴 때는 보이지 않는
두려움이라는 감정이 눈에 보이도록
종이 위에 적어보자. 내가 실제로 그 일을 되게 하기
위해 구체적으로 뭘 했고, 어떤 노력을 해봤는지 써보자.

이 방법은 단순해 보이지만 힘이 있다.
그 문제에 대한 '사실'만을 볼 수 있고,
문제를 보며 느끼는 내 '감정'이 빠진다.

관계에서는 감정이 매우 소중하지만,
문제에서는 감정을 빼야 이길 수 있다.

꼭대기와 밑바닥

사람들은 인생을 산으로 비유하곤 한다.
무슨 일이든 좋을 때가 있고, 안 좋을 때가 있다는 게
올라갈 때가 있고, 내려갈 때가 있는 산과 많이
닮았기 때문일 거다.

산을 오르다 보면
가장 높은 '꼭대기'가 있고,
가장 낮은 '밑바닥'이 있다.

꼭대기와 밑바닥은 사실 동전의 양면과 같다.
계속해서 반복되니 말이다. 중요한 건 이 모든 게
'연결'되어 있다는 점이다. 이는 내가 절망했을 때
나에게 용기를 주고, 내가 자만할 때 나를 다시
겸손하게 만들어준다. 계속 꼭대기에만 있을 수도,
계속 밑바닥에만 있으란 법도 없으니 말이다.

"이 또한 지나가리라"
라는 문구가 새겨진 솔로몬의 반지처럼.

우리의 인생은
계속 잘되란 법도 없고,
계속 안 되란 법도 없다.
그러니 늘 겸손하고, 매일 소중한
의미를 더하며 살아야 하지 않을까.

썸데이 투데이

'썸데이(Someday)'
언젠간 잘될 거란
막연한 기대를 품고 살기보단,
'투데이(Today)'
오늘을 어제와 다르게
분명하게 노력하며 살아내자.

올지, 안 올지 모를
막연한 썸데이보단,
지금 손안에 있는
확실한 투데이에 집중하자.

거절할 자유

사람들의 부탁을 들어주느라
정작 내 일에 지장이 생기고,
내 삶이 힘들어졌던 때가 있었다.
남에게 잠시 좋은 사람으로 비춰지기 위해
내 삶을 망가뜨리는 건 결과적으로
내가 나에게 나쁜 사람이 되는 길이었다.

결국 자기 삶의 문제는 자기가 해결해야 하고,
자기 문제는 어떻게 해서든 자기가 그에 대한
답을 찾기 마련이다. 그 사람은 내게만
부탁한 게 아니라 이미 여러 사람들에게 같은
부탁을 했을 거다. 꼭 내가 아니어도 된단 얘기다.
그러니 남의 부탁을 거절하고 죄책감을 갖지 말자.

사람들의 요청과 부탁으로부터
나의 삶을 지킬 필요가 있다.
남의 요구를 거절하고, 선택할
자유가 있다. 끌려다니지 말자.

내가 할 수 있는 선 안에서만 도와야 내가 산다.

그래야 나에게도 남에게도 좋은 사람일 수 있다.

남의 불행, 나의 기회

'남의 불행'을 '나의 기회'로 여기는
사람들은 결국에 자기도 남에게
똑같은 기회를 줄 거란 걸 모른다.
남의 불행을 보고 웃으면 안 된다.

이미 성공한 인생

내가 행복하길 진심으로 원하는 사람.
내가 이룬 결과보단 눈물겨운 과정을
묵묵히 응원해준 사람. 내 성공보단
내 건강과 내가 무너지지 않길 간절히
원하고 응원해주는 사람. 그런 사람들이
곁에 많다면 이미 성공한 인생이다.

마땅한 도리

사람이 감사함을 표현할 줄 알아야 한다.

표현하는 데 돈 드는 것도 아니거든. 내게

잘해준 것들에 대한 감사 표현이 꼭 물질적으로

하지 않아도 나의 형편에 맞게 하면 된다.

그 사람이 나한테 그거 받자고 잘해준 게 아니거든.

받은 자가 준 자에게 해야 할 마땅한 도리는 '표현' 하는 것이다.

보고 싶은 마음이 거리를 결정한다

'눈에 보이지 않으면 멀어진다'는 옛말이 있지만,
'보고 싶은 마음이 거리를 결정한다'가 맞지
않을까. 정말로 보고 싶은 사람은 어떻게 해서든
만날 수 있도록 '기회'에 초점을 두었고,
그다지 보고 싶지 않은 사람에게는 만날 수 없는
'이유'에 초점을 두게 되는 내 모습을 발견했다.

사랑하는 사람이 나에게 바라는 건
어쩔 수 없는 상황과 이유가 아니었다.
그 사람을 이유로 여겨주는 진심이었다.

마음이 있으면, 어디든 가는 게 사람의 마음이다.
마음이 없으면, 시간이 남아돌아도 안 갈 이유와
핑계를 만드는 게 또한 사람의 마음이다.
물리적인 거리와 현실적인 제한이 있어도
결국은 모든 게 마음 문제다.

흐트러진 관계를 회복하려면

"서로 오해가 쌓여 결국 관계가 흐트러졌는데
어떻게 하면 다시 관계를 예전처럼 회복할 수
있을까요?"라는 고민을 가지고 온 사람이 있었다.

관계를 회복하기 위해서 가장 중요한 건 두 사람의
마음이 같은가다. 내가 상대의 마음을 알 도리는
없다. 나는 내가 할 수 있는 일을 하면 된다.

진심으로 상대와 회복하고 싶은 마음을 가지고,
눈에 보이지 않는 마음을 눈에 보이도록 전달하는
것이다. 여기까지가 내가 할 일이다. 그 이상은
상대에게 맡겨야 한다.

상대가 나와의 관계를 진정 소중히 여긴다면
시간이 걸려도 어떤 이유에서든 다시 회복하기 위한
방향으로 노력을 기울일 것이다. 그렇지 않다면 계속
피할 것이다. 손뼉도 마주쳐야 소리가 난다.

함께 손 내밀면 하이파이브가 되지만,
혼자 손 내밀면 그냥 때리는 게 된다.

회복도 마찬가지다. 서로의 마음이 같아야 한다.

어떤 의미에서는 오히려 잘 됐다고 생각하자.

그 사람이 나와 계속 갈 사람인지, 아니면 여기까지인지를

알기에 좋은 계기가 됐으니 말이다.

어떤 한 사람이 상대를 소중히 여기는지 아닌지를

알 수 있는 가장 단순하고 정확한 방법은

'선택' 하는 걸 보면 된다. 선택이 곧 본심이기 때문이다.

만약 내가 먼저 다가갔는데 상대방이 회복 의사가 없다면

그 또한 다른 의미에서의 회복이다. 그 사람이 내게서

멀어졌기에 내가 새로운 인연을 만날 기회가 주어졌으니 말이다.

정말로 사랑하면

오해할 일도 이해되고,

사랑하지 않으면

이해할 일도 오해한다.

열정보다 절제

열심히 앞만 보고 달리는 사람들,

매사에 적극적이고 열정적인 사람들,

뭐든 열심히 최선을 다하는 사람들은

엄청난 강점을 가지고 있다. 하지만

그 열정이 어떤 면에서는 단점이 될 수도 있다.

그렇게 열심을 품고 달려가는 사람들이

가장 못하는 게 바로 가만히 있는 거다.

그렇게 열심히 사는 사람들 눈에는

아무것도 안 하고 게으른 사람들이

내심 한심하게 보일 때도 있을 거다.

물론, '가만히 있는 것'이

내가 해야 할 일을 미루고 나태하고

안일한 '게으름'일 때도 있지만,

내가 할 일(씨를 뿌리는 것)을 다 했다면

나머지(열매를 맺는 것)는 하늘에 맡기고

기다려야 하는 '인내'의 시기일 때도 있다.

그때는 기다려야 한다.

인생에서는 분명 잠잠히 참고,

기다리고, 인내해야 하는 때도 있다.

그래서 '절제'가 중요하다.

그게 가장 어렵기 때문이다.

절제는 '치우치지 않는 마음'이다.

절제가 어렵다. 아무리 좋은 것이라도 말이다.

절제를 못하면 계속 갈 수 없다.

절제를 모르면 위험하다.

열심히 달려왔다면,

잠잠히 기다려보자.

말

해야 할 말을 하는 용기보다도
하지 말아야 할 말을 절제하는 게
훨씬 더 중요하다.

한때 너무 소중했던 것의
비극적인 결말을 지켜보면
언제나 '좋은 말'로 시작하고,
결말은 '나쁜 말'로 끝나더라.

항상 말을 조심해야 한다.
'말'에 대해서는 세 종류의 사람이 있다.

첫 번째, 말만 많고 그렇게 안 사는 사람 : 말쟁이
두 번째, 말을 아끼고 묵묵히 살아내는 사람 : 매력
세 번째, 자기가 말한 대로 그렇게 사는 사람 : 드라마

적어도 말쟁이는 되지 말자.

쉬는 것도 일이 되어서야

"내가 지금 이러고 있어도 될까?"
라는 생각에 쉴 때도 불안하고
쉬는 것도 '일'이 되어서 또 다른
일을 하나 더 추가하기보다는
"나는 좀 쉬어줘야 해!"라며
스스로에게 상을 주면 좋겠다.

그러다 고장 나요

평소 쓰던 노트북이 고장 나서
서비스 센터에 급히 수리를 맡기러 간 적이 있다.

내 차례가 되어 수리 기사 앞에 있는
의자에 앉았다. 담당 기사가 노트북을
분해하는 동안 바로 옆 칸에서 어떤 할머니와
할머니의 담당 기사가 대화하는 게 들려왔다.

할머니가 말하길,
핸드폰을 구입한 지 1년 정도밖에 안 됐는데
핸드폰이 요즘 점점 느려지고, 제대로
작동을 안 한다는 것이다.

기사가 할머니의 핸드폰을 받아 몇 번 클릭하더니
속도가 더딘 걸 알고는 바로 전원을 끄고
얼마 후 다시 전원을 켰다.
핸드폰 속도가 정상으로 돌아왔다.

"할머니, 이 핸드폰 껐다가 켜보신 적 있으셨어요?"

"전원은 안 껐지요. 근데 충전도 잘하고 그랬는데."

"할머니, 그럼 혹시 이 핸드폰 사시고 1년 동안
한 번도 안 끄셨다는 거죠?"

"네."

기사는 미소를 지으며 말했다.

"할머니, 이게 사람으로 치면 1년 동안 잠을
한 번도 안 잔 거예요. 그럼 사람도 정상적인
활동이 안 되잖아요. 기계도 가끔 좀 쉬어줘야
하거든요. 기계도 안 쉬면 그러다 고장 나요.
오늘처럼 또 속도 느려진다 싶으면 가끔 핸드폰
전원 껐다가 다시 켜보세요."

그 모습을 보며 생각에 잠겼다.

마음속에 펜을 들고 몇 줄의 문장을 적었다.

"1년 365일 열심히 살다 지친 나에게

잠깐의 쉼을 주는 것은 사치가 아니다.

많은 시간을 필요로 하는 것도 아니다.

내 몸과 마음에 에너지가 가득 차면

누가 시키지 않아도 사람은 그 에너지를

자기 일에, 사람에게 쓰기 마련이다.

쉴 때는 마음의 전원을 잠시만 꺼놓자."

시간 속에 산다는 건

마음은 사람 안에 있고,
사람은 시간 속에 있다.

한 사람에게 어떤 시간이
유의미한 시간이 된다는 건,
그 시간에 마음을 꺼냈고
그 시간을 마음에 담았단
의미일 것이다.

반대로
무의미한 시간이 된다는 건,
마음을 꺼내지 않았단 의미다.

사람이 시간 속에서 산다는 건,
마음을 꺼내고 담는다는 의미다.

약속을 소중히

약속을 너무 쉽게 깨는 사람이 있다.
약속은 지키라고 있는 건데 말이다.
그 사람이 어떤 사람인지 알 수 있는
가장 쉬운 방법 중 하나는 약속 시간을
잘 지키는지를 보면 된다.

매번 10분씩 늦는지, 10분 일찍
약속 장소에 나와 있는지 말이다.
약속 지키는 모습이 그의 본모습이다.

작은 약속을 잘 지키는 사람,
사소한 말, 지나가는 말이라도
자기가 뱉은 말에는 책임질 줄 알고,
상대와의 약속을 소중히 여길 줄 아는
사람은 뭘 해도 될 사람이다.

아무 유익 없는 사람

인생을 살다보면 모든 영역에서
'사칙연산'을 잘 해야 했다. 특히,
관계와 만남에서도 마찬가지였다.

나에게 긍정적인 영향을 주는
'더하기'의 사람들과는 되도록이면
더 많은 시간을 함께 보내야 한다.

나에게 부정적인 영향을 주는
'빼기'의 사람들과는 적당한 거리를
두면서 꼭 배울 점만 배워야 한다.

나의 가치를 빛나게 해주고, 내 삶에
전환점이 되고, 큰 기회를 안겨주는
'곱하기'의 사람들을 만나야 한다.

나의 행복을 나눠주고 싶고, 내 삶에
가치와 의미를 생각하게 만들어주는
'나누기'의 사람들과 만나야 한다.

세상에는 다양한 사람이 있고,
앞으로도 내가 만나야 할 사람은
무진장 많다. 평생 만남은 계속된다.

그러니
만나봤자 아무런 유익이 되지 않는 사람,
신뢰의 기준인 약속을 쉽게 깨는 사람,
타인에 대한 배려가 없는 '빼기'의 사람들은
얼른 내 인간관계 망에서 줄여가는 것이
인생의 시간을 절약하는 지혜더라.

그릇을 깨끗하게 비워야
소중한 것으로 채울 수 있다.

세상에서 가장 소중한 선물

나를 진정 사랑할 줄 아는 사람이
남도 사랑할 수 있다는 말이 있다.
내가 남에게 줄 수 있는
가장 소중한 선물은 '나 자신'이다.
내가 나에게 줄 수 있는
가장 소중한 선물도 '나 자신'이다.
그럼 내가 나를 사랑하는 법은 뭘까?

내가 가슴속으로 바라고 원하고 꿈꾸던
내 모습을 현실에서 만나게 해주는 거다.
내가 어제보다 더 나은 내가 될 수 있게
나아갈 '기회'를 나에게 선물해주는 거다.

배우고 싶은 게 있다면 바로 지금 배우고,
해보고 싶은 게 있다면 바로 지금 해보자.

내가 진정으로 원하는 일을 하며 살 수 있고,
용기를 발휘할 수 있고, 인내를 배울 수 있고,
더 사랑할 수 있는 기회(Opportunity)를 주자.

세상에 좋은 사람이 얼마나 많은데

지인과 이런저런 '사람'에 대한 이야기를 하는데,
내가 나의 감정을 어렵게 만드는 사람에
대한 이야기를 꺼내자
그분이 이런 말씀을 하시더라.

"작가님, 좋은 사람만 만나세요.
세상에 좋은 사람이 얼마나 많은데,
시간 아깝잖아요.

좋은 사람만 만나기에도
안 그래도 바빠서 시간 없는데,
뭐 하러 이상한 사람 만나서
힘을 빼세요.

차라리 집에서
잠이나 자는 게 낫지요"라고 말이다.

듣고 보니 맞다.

가만 생각해보면,

세상에 좋은 사람이 얼마나 많은데….

지인과 헤어지고 차에 탔을 때,

폰을 들었다. 그리고 전화번호 목록에

들어가 떠오르는 사람을 찾았다.

고맙고 잘해줘야 하는데 바빠서

잊고 살았던 사람들에게 연락했다.

통화한 지가 어느덧 1년이 된 사람들에게

오랜만에 연락하니 모두 전화를 받자마자

첫 마디가 "이게 누구야!" 하며 반가워했다.

이렇게 나를 좋아해주는 사람들과
대화하면 몇 분 만에 나도 상대방도
모두가 행복해질 수 있는데….

왜 삶 속에서 만나는 이상한 사람들
몇몇으로 인해 마음을 처지게 했을까.

'좋은 사람 많이 만나자.
좋은 사람만 만나기에도
바쁘고 시간은 모자란데.'

안주하면 끝

파도가 멈추면

거대한 바다도 썩기 시작한다.

표현이 사라지면

사랑의 온도도 식기 시작한다.

무슨 일이든 안주하면

다 끝이다.

인생에도 스포일러가 있으면 좋겠다

인생에도 스포일러가

있으면 좋겠단 생각을 했다.

떠날 사람은 바로 거르고

남을 사람에게 더 잘하고

안 될 일은 시원하게 놓고

될 일을 더 즐기며 하게.

착한 건 잘못이 아니야

착한 게 잘못된 게 아니라
착한 걸 이용하는 게 잘못된 거다.
그런데 사람들은
착하게 살지 말라고 하더라.
그럼 세상이 어찌 될까?
일부러 나쁘게 살고 싶은 사람은 없다.
사람은 어떤 특별한 이유가 없다면
누구에게나 좋은 사람으로 남고 싶고,
이왕이면 착하게 살고 싶어 한다.

다만, 마냥 착하게만 살기에는 세상이
너무 각박하고 험난해서 그럴 것이다.
그래서 그 착하게 살고 싶은 마음을
계속 지키기 위해서는 그 마음을 담을
수 있는 '지혜와 능력'도 필요하더라.
나는 계속 착하게 살고 싶어서
더 열심히 산다. 내 사람들에게
계속 좋은 사람이고 싶어서
어제보다 오늘 더 열심히 산다.

착하게만 살지 말 것

착하게 '만' 살지는 말 것.

'배려'는 상대가 고마움을 알아야 한다.

아니다 싶으면 말할 것.

지켜야 할 선을 넘는다면 참아선 안 된다.

솔직하게 할 말은 할 것.

상대가 내 마음을 알아주길 바라지 말자.

착하면서도 잘 살 순 없을까

'착하다'는 말이
어릴 때는 칭찬이었는데,
어른이 되고 나서는 그게
더 이상 칭찬이 아닌 듯하다.

사람은 참 좋은데
세상 물정을 너무 모르는 사람.

사람이 때 묻지 않고 좋은데
이용당할까 봐 걱정되는 사람.

어른이 되고 나니까 그런
사람들에게 '착하다'고 했다.

'착하게 살면서도 잘 살 순 없을까.'

고민하다가 문득 떠오른 생각이 있다.

'착한 토끼는 약해서
나쁜 늑대에게 잡아먹힌다.
착한 호랑이는 강해서
아무나 건드리지 못한다.'

나 스스로 더 강해지거나
호랑이를 친구로 두거나
여럿이서 힘을 합치면 된다.

어느 때는 포기해야 기회가 온다

포기에 대해 생각하면
비겁하고, 도망치는 거 같고,
의지력이 약한 모습이 자연히
떠오른다. "끝까지 포기하지 마"
라고 외치는 불굴의 의지가 더
옳은 것처럼 보인다. 하지만….

포기는
'도피'가 아니라 또 하나의
다른 '선택'일 뿐이다. 무엇
하나 포기하지 않겠다는 건
무엇 하나 제대로 할 생각이
없다는 말과 같으니까 말이다.

포기하는 것에서
죄책감과 미련을 버릴 줄 알자.
마음껏 포기할 것을 포기하고,
진짜로 하고 싶고, 포기해서는
안 될 것에 더 집중하자.

모든 걸 다 하기에는 인생이 짧으니까.

내가 움켜쥐고 망설이는
것이 오히려 나를 더 힘들게
만들고 있을 수 있다.
미련을 놓아야 기회를 얻을 수 있다.

포기는 나 자신에게
더 좋은 선택을 할 수 있는
기회를 주는 것이다.
그러니 이제 더는
자책하지 않아도 괜찮다.

기회를 줄 것

살다보면 전력 질주하는 때가 있고,
너무 지쳐서 모든 걸 다 내려놓고 싶을 때가 있다.

걷다가 숨이 차면 숨을 고르며 쉬어가는 거고,
급할 때는 미친 듯이 달릴 수도 있는 게 인생이다.

사람이라면 누구나 살면서 넘어질 때가 있다.
달려본 사람이 넘어지는 건 어쩌면 당연하다.

넘어졌다면 다시 훌훌 털어버리고 일어서면 된다.
다시 일어서는 데 필요한 건 일어서려는 나의 '마음가짐'이다.

'기회'가 언제나 쉽게 찾아오는 것은 아니지만,
'다시 일어설 기회'는 내가 나에게 줄 수 있다.

매일 넘어지고 실수할 수 있는 기회,
다시 일어서서 시작할 수 있는 기회.
이 두 기회를 나 자신에게 주고 싶다.

열심히 했는데 잘 안 됐다면

열심히 했는데 잘 안 됐다면

조금만 자신에게 관대해지자.

할 수 있는데 안 한 것에는

조금만 자신에게 냉정해지자.

할 수 있는데 안 한 게 '실패'고

해봤는데 안 됐다면 '경험'이다.

도무지 길이 안 보일 때

지난 일에 매여 있으면
앞이 보이질 않지만,
앞만 보고 달려도 도무지
길이 안 보일 때가 있다.

그럴 때는 이 세 단어를 꼭 기억하자.

'지금(Now)' '여기에서(Here)'란 단어를 넣은
'질문(Question)'을 나 스스로 해보는 것이다.

문제를 문제로 보면 앞길이 막막할 뿐이지만,
문제를 과목으로 보면 날 도와줄 선생님이다.

스스로에게 이렇게 질문하자.

'지금 여기에서 내가 할 수 있는 일이 뭘까?'

'지금 이 상황을 어떻게 활용할 수 있을까?'

'지금 내 앞에 놓인 이 문제(과목)를 통해
삶(선생님)이 내게 가르쳐주려는 게 뭘까?'

푸념하는 순간, 문제는 더 커 보이고
질문하는 순간, 답과 점점 가까워진다.

'어떻게 하면 좋지…'란 걱정 가득한 푸념에서
'어떻게 하면 될까?'란 질문으로 말을 바꾸자.

틀려도 괜찮다

내가 노력한 만큼 기대했던 결과가 나오지
않을 때처럼 사람이 힘이 빠질 때가 없다.

만약 지금 당신이 그런 상황과 기분이라면
이 말을 그대로 따라 소리 내서 읽어보자.

"나는 된다. 이번에 안 됐다고
영원히 안 되는 게 아니다.
지금의 내가 내 전부는 아니다.
나는 과거를 통해 배울 것이고,
더 나은 내가 되길 선택할 것이다.
나는 내가 완벽하지 않음을 인정한다.
그래서 완벽하지 않다고 나 자신을
폄하하거나 자책하진 않을 것이다.
내 선택이 틀릴 수도 있다.
앞으로도 나는 계속 틀릴 것이다.

그래서 더 나은 선택을 내리는
법을 배울 것이고, 매일 조금씩
덜 틀리는 연습을 해나갈 것이다.
나는 결국에는 될 사람이다."

사는 게 힘들 때 하면 좋은 생각 다섯 가지

힘들 때 하면 좋은 다섯 가지 생각.

첫째, 지금껏 살면서 이보다 더 힘든 일도
다 견디며 '여기까지 잘 왔다'는 생각.

둘째, 당신이 힘들어도 포기하지 않고
이미 '충분히 잘하고 있다'는 생각.

셋째, 조금만 더 버티면 지금 이 순간도
'결국은 다 지나가기 마련'이란 생각.

넷째, 나아가 '그 문제를 통해 배움'을 얻고
훨씬 더 많은 걸 얻는 지혜로운 생각.

다섯째, 그리고 그 모든 문제나 상황보다도
당신은 '훨씬 크고 강한 존재'라는 생각.

그래서 성공하는 사람이 적다

일단 시작할 것.

시작하기에 가장 좋은 때는 바로 지금(Right Now).

후에 보완할 것.

부족함을 조금씩 채워나갈 것(Feedback).

지속 반복할 것.

하루 반짝하지 말고, 매일 지속할 것(Repeat).

자책하기보단 배웠으면

어릴 때 가스레인지에 냄비를 올려두고
불을 안 꺼서 뒤늦게 연기 냄새를 맡고
솥을 태운 적이 있다. 그 후로는 평소에
반드시 가스 밸브를 잠그고 외출할 때는
한 번이라도 더 확인하는 습관이 생겼다.

작은 불씨를 우습게 여기는 사람은
자신도 죽이고, 큰 산불도 낼 수 있다.
실수도 마찬가지인 거 같다.

작은 실수에 내가 어떻게 반응하는지
그 태도가 중요하다. 실수에 대해선
자책하기보단 배웠으면 좋겠다.

사람이 뭔가 잘해보려고 하는 과정에서
실수하거나 잘 안 되면 자책하고 실망할
때가 있다. 절대 실망할 필요가 없다.

'실수'라는 말 자체가 뭔가를 잘하고
싶은 열정이 있을 때 나오는 것이다.
사람이 뭔가 잘해보고 싶은 마음이
있다는 것 자체가 매우 소중하니까.

그런 열정은 살리고, 실망이라는 마이너스 요소는
플러스로 바꾸면 그만이다.
이번에 못했다면 '그냥 배우면 되는 일'이고,
다음 번에 실수를 '반복하지 않으면 되는 일'이다.

매번 실수하는 자신의 부족함에 실망했다면,
내가 부족했던 점과 문제들을 종이 위에 적고
그 문제를 보면서 이렇게 소리 내서 외쳐보자.

"다음부터 잘하면 그만이지!"
"지금이라도 알았으니 다행이지!"
"이것만 하면 되네! 간단하네!"

원하는 것을 쉽게 얻는 법

첫째, 작게 시작할 것.

'작은 시작은 시작하기 쉽다.'

둘째, 작은 습관을 반복할 것.

'작은 반복이 기적을 만든다.'

셋째, 작은 실패를 해결할 것.

'작은 실패는 해결하기 쉽다.'

뭔가 작게라도 해보는 게 중요하다.

할 때 기회가 생긴다.

가만히 있으면 아무 일도 안 일어난다.

작게 시작할 때 그게 쌓여서 큰 게 된다.

처음부터 큰 건 없다.

모든 일의 출발은 다 작은 씨앗이다.

큰 실패는 감당하기 어렵지만

작은 실패는 해결하기가 쉽다.

열심히 해도 잘 안 될 때

열심히 한다고 '반드시 잘되란 법'은 없다는 것.

지금 당장 안 된다고 '섣부른 포기'는 하지 말 것.

나는 어디까지나 '내가 할 몫'을 하면 된다는 것.

내가 아무것도 안 하면 될 확률은 0%이지만

내가 시도하면 될 확률은 무려 50%라는 것.

나머지 50%는 상대방에게, 하늘에 맡길 것.

열심히 해도 잘 안 된다면 이렇게 외칠 것.

"나는 될 수밖에 없다, 될 때까지 할 거니까."

《들이대, DID》의 저자 송수용 대표님의 강연에 참석하면
시작과 끝에 다 함께 크게 외치는 말이다. 우리는 이를 DID마인드라 한다.

여유를 가질 것

사람이 지치면 여유가 없어진다.

여유를 잃으면 짜증이 점점 는다.

조급해지고, 불안해진다.

그럼 평소 잘하던 일들에도 실수가 잦아지고,

일이 꼬이기 시작한다. 어디서부터

잘못된 건지도 모르게 결국 다 싫고,

그냥 다 놓고 싶어진다.

내 능력이 부족해서가 아니다.

여유를 갖지 못해서 그런 거다.

그럴 때는 '난 왜 이럴까?' 하고 자책하기보단,

'내가 잠시 쉴 신호가 왔나보다' 라고 생각하자.

매일 다람쥐 쳇바퀴처럼 치열하게

반복되는 일상의 사이클로부터 잠시

물러나 벗어나는 시간이 꼭 필요하다.

여유를 부리는 게 아닌,

여유를 가질 줄도 알자.

최고의 순간

내 인생에서 최고의 순간은 언제일까?
이미 지나갔을까, 아직 오지 않았을까.
한 가지 중요한 사실은 절정의 순간이든
나락의 순간이든 그 모든 게 '연결' 되어
있다는 것이다. 오늘 이 순간을 살고 있는
나의 생각이 그 모든 걸 결정한다.

처음과 마지막을 알고, 인생을 크게 보면
마치 최고의 결과, 마지막을 향해 달려가는
것처럼 보이고 모든 게 과정으로 보이지만
그렇지가 않다. 모든 건 연결되어 있다.

어제 내가 내린 선택이
오늘의 나를 있게 했듯.
오늘의 내가 내린 선택이
내일의 나를 바꿀 것이다.

그 때문에 살아가는
매 순간이 소중한 것이다.

선택이 복잡하고 힘들 때

초등학생 때, 하굣길에 동네 할아버지들이 모여
장기를 두는 모습을 보곤 했다. 그때마다 장기를
직접 두는 두 분 옆에는 늘 대여섯 분들이 둘러서서
구경을 한다. 그런 곳에는 꼭 이런 분이 있다.
옆에서 지켜보다가 "그렇게 두면 안 되지~"라고
하는 분 말이다. 그럼 반대편에서 장기를 두던 분이
이렇게 말한다. "이 사람아, 어디서 훈수를 둬!"

내가 가까이에서 직접 하면 길이 잘 안 보이는데,
한 발짝 떨어져서 위에서 내려다보면 잘 보인다.

사람이 살다보면 뭐가 맞는지 모를 때가 있다.
도대체 뭐가 문제인지 감도 안 잡힐 때가 있다.

이 길이 맞을지, 저 길이 맞을지
이리 재고 저리 재며 고민할수록
망설이면 망설일수록 머리가 점점
하얘지고 복잡해질 뿐일 때가 있다.

선택이 복잡하다는 건

어느 쪽도 답이 아닐 수 있단 의미이고,

진짜로 중요한 걸 놓치고 있다는 말일 수 있다.

그럴 땐 잠시 생각을 멈추고, 한 발짝

뒤로 물러서서 바라볼 필요가 있다.

대개 우리들의 고민은

능력의 문제가 아니라

거리의 문제일 수 있다.

문제에 더 가까워질수록

사람은 감정적이게 된다.

자책하지 말 것.
지나치게 자신을 탓하거나 폄하하지 말 것.

 존중해줄 것.
내 선택이 최선이라면 옳다고 믿고 기다려줄 것.

 감사할 것.
지금까지 열심히 산 자신에게,
삶에 일어난 모든 일에..

이 순간을 살아가자

중요한 것들

조급하지 말 것.

마음이 급하면 결국 넘어진다.

걱정하지 말 것.

현재와 미래 모두를 망치는 일.

자신을 믿을 것.

인생에서 가장 중요한 자산.

평범한 하루

특별하고 드라마틱하진 않지만,
별일 없고 아무 일도 없는 게
감사한 일이야. 매일 반복되는
평범한 하루가 정말 소중하거든.
별에 별일이 다 일어나는 세상에서
별일 없는 게 정말 감사한 일이거든.

지금 바로

2019년 7월에 아끼던 동생이 세상을 떠났다.
남은 시간이 6개월이라고 판정받았지만, 2년이란 시간 동안
호전되고 악화되길 반복하다 결국 천국에 갔다. 나중에
완쾌되면 자신의 이야기를 통해서 누군가에게 힘을 주는
사람이 되고 싶다고, 나처럼 되고 싶다고 말하곤 했다. 얼마 후
병세가 갑자기 나빠져 호스피스 병동으로 옮겼다는 소식을
들었다. 한동안 찾아가지 못하다가 오랜만에 병문안을 갔다.

스스로 밥도 먹을 수 없었고, 말도 하지 못했다.
앙상히 뼈만 남은 채 눈을 떴다 감기를 반복할 뿐이었다.

동생 어머님이 "대진이 형 왔네"라고 하자
그가 눈을 떴다. 그의 손을 잡고 기도하는데
절로 눈물을 흘렸다.

"형이 너무 늦게 와서 미안하다"는 말만 반복했다.

그가 표현할 수 있는 유일한 소통 수단은
손가락이었다. 손가락 까딱할 힘을 겨우

짜내고 있었다. 그의 손을 잡고 얘기했다.

"형 오니까 좋니? 좋으면 한 번,
진~짜 좋으면 두 번 손가락 움직여봐."

내 손으로 두 번의 떨림이 전해졌다.
그게 마지막이었다.

퇴근길에 늘 지나는 병원이었는데,
'나중에' 하다가 결국 그게 마지막이 될 줄 몰랐다.
왜 자주 찾아주지 못했을까. 왜 자주 표현하지 못했을까.
그렇게 어려운 것도 아닌데….

그의 하루와 나의 하루는 무게가 달랐을 거다.
삶의 끝자락에서 가벼운 손가락 너머로 전해진
무거운 떨림은 내게 특별한 무언가를 가르쳐주었다.

지금 바로(Right Now) 하지 않으면
결국 후회가 따라온다는 걸 말이다.

지금 이 순간을 산다는 건

지금(Now) 이 순간을 산다는 건,

가장 옳은(Right) 일을 한다는 것.

그 일을 내일로 미루지 않고

지금 바로(Right Now) 하는 것.

눈앞의 사람에게 집중한다는 것.

내게 주어진 일에 집중한다는 것.

자존감을 높이는 가장 쉬운 방법 두 가지.

첫째, 할 일을 미루지 말고 지금 바로 할 것.

둘째, 눈앞에 있는 사람과 일에 몰입할 것.

사람은 무언가에 몰입할 때 행복하다.

그런데 여기저기서

좋아하는 일을 해야 몰입이 된다고 한다.

교묘하게 잘못된 말이다.

그럼 좋아하는 일을 찾을 때까지,

내가 현재 하는 일을 좋아하지 않는 사람들은

계속 불행하게 살아야 한다는 말이다.

설령 좋아하는 일조차도 언제 식을지 모를 일이다.

좋아하니까 몰입하는 게 아니라

몰입하니까 좋아지는 것이다.

웃을 일이 있어서 웃는 게 아니라

웃으니까 행복해지는 것이다.

내가 나 자신으로 살았던 순간은

언제나 나 스스로가 몰입하길

의식적으로, 무의식적으로

선택했던 순간이다.

그래서 행복은 내 선택에 달린 것이다.

결국은 지나간다

우울해하지 말자,

결국 다 지나간다.

언제쯤 끝날까 싶어도

늘 그랬듯이 바람은

곧 스치고 지나간다.

바람이 남긴 흉터에서

배우는 게 중요하다.

행동으로 대우받는다

얼마 전, 마트에 뭘 사러 갔다가 주차장에 진입하는데
이미 내 뒤에 다른 차들이 이어서 들어오고 있어서
뒤로 뺄 수 없는 상황이었다. 그런데 주차돼 있던 차가
나오는 과정에서 얼마든지 반대로 꺾으면 나올 공간이
있는데, 본인이 반대 방향으로 틀었으면서 나가기 힘들다고
고래고래 고함을 쳤다. 마침 내 앞에 주차돼 있던 다른 차가
나와서 주차를 하고 걸어가는데, 조금 전 그 아저씨가
창문을 열고 재차 '반말＋막말'을 하기에 나도 말했다.

"아저씨, 언제 봤다고 반말하세요?
다 들리는데 소리는 왜 지르세요?"

이렇게 말하자 방귀 뀐 놈이 성낸다고
갑자기 차에서 내리더니 바로 시비조로 나왔다.
얼굴 붉히며 남 말은 안 듣고 자기 말만 하는
한마디로 정말 '진상의 표본'이었다.

바로 그때, 그분의 차 안에서 이 광경을
고스란히 지켜보는 가족들이 눈에 들어왔다.

'이런 아버지, 남편을 바라보는 가족의 심정은 어떨까?'
란 생각이 들더라. 그래서 웃으며 조곤조곤 얘기했다.

"아저씨, 저는 지금 기분 나빠도 존칭 쓰고 예의 갖추고
행동하잖아요. 본인이 잘못하고 왜 남에게 화풀이를 하세요?
지금 차 안에서 가족들이 다 보고 있잖아요."

그러자 혼자 중얼중얼하며 갔다.

나이는 흰머리가 아니라 행동으로 대우받는 거다.
자기 하고 싶은 말 다 하고 사는 게 어른이 아니라
할 말과 하지 말아야 할 말을 구분할 줄 알고,
자기 감정을 스스로 조절할 수 있는 게 성숙한 어른이다.

감정 쓰레기

누군가 내 집 앞에 맘대로 쓰레기를 버리면
당당히 버리지 말라고 할 수 있어야 한다.
가만히 있으면 계속 그래도 되는 줄 안다.
가만히 있다면 주인 의식이 없단 거다.

자신의 부정적인 감정을 해소하려고 의도했든
의도하지 않았든 '감정 쓰레기'를 다른 사람의
마음에 버릴 때가 있다. 다른 사람의 이야기를
잘 들어주는 사람들이 특히 조심해야 할 점이다.

말에는 힘이 있고, 사람은 영향을 주고받는다.
긍정적인 말이 사람의 자존감과 삶에 영향을 주듯,
부정적인 말 또한 사람에게 반드시 영향을 끼친다.

말한다고 다 들어줘서도 안 되고,
그대로 다 받아들여서도 안 된다.

'물의 자정 능력'에 대해서 들은 적이 있다.
물은 스스로 오염물을 정화할 수 있는 능력이 있다.
하지만 그 한계치를 넘어서면 정화되지 못하고
썩은 물이 된다. 사람의 마음도 마찬가지다.

내가 감당할 수 있는 한계 그 이상의
감정 쓰레기가 쌓이면, 마음에 병이 든다.
마음에 병이 생기면 몸은 따라서 탈이 난다.

선 긋기

좋은 일에는 연락 한 번 없다가도
안 좋은 일만 터지면 연락 오는 사람들이
있었다. 예전에는 그러려니 했는데, 이게
그냥 넘어갈 일이 아니라는 걸 알았다.

그들이 해결해야 할 일을 뒤치다꺼리하느라
정작 내 삶에 지장이 생기고, 내 감정이
다운되는 것이었다. 그게 반복되니 도와주면
당연한 일이 되고, 안 도와주면 도리어 서운해했다.
만약 도와주는 과정에서 내가 실수라도 하면
모든 게 다 내가 잘못해서 빚어진 일인 양
나를 원망했다. 감사는 흘렸고, 원망은 던졌다.

이를 깨닫고 다시는 남의 일에 나서지 않았다.
남에게 무관심하거나 이기적인 자세가 아니다.
그가 스스로 해야 할 숙제를 대신해주는 것은
나에게도 그에게도 결국 좋지 못하기 때문이다.
그가 잠깐 서운해하더라도, 냉정하게 선을
그을 줄 알아야 하는 것도 반드시 필요하다.

욜로 외치다 골로 간다

'욜로' 라이프는 언제 죽을지 모르니
그냥 멋대로 생각 없이 살라는 게 아니다.
그건 '골로' 가는 라이프다….
인생은 한 번뿐이니까 나에게 진정으로
가치 있는 것을 하면서 살자는 의미다.

해서는 안 되는 다섯 가지

하나.

솔직한 것과 무례한 걸 구분 못하고,

생각 없이 말을 내뱉어서 상처 주는 것.

둘.

상대방이 처한 상황을 잘 알지도 못하면서

자기 마음대로 상대를 판단하는 것.

셋.

자기가 힘들 때, 함께 있어준 사람인데

그 사람이 힘들 때는 바로 버리는 것.

넷.

자기가 힘들 땐 시도 때도 없이 찾고,

자기가 먹고 살 만하면 거들떠도 안 보는 것.

개구리 올챙이 적 생각 못하는 일.

다섯.

혼자서 결론 다 짓고, 혼자 머릿속으로 소설 쓰고,

자기 혼자서 생각 정리 다한 채 일방적으로 통보하는 것.

가장 소름 끼치는 건

가만 보면 앞의 글에 정확히 해당되는 사람인데

'반성'이 아니라 오히려 '공감'을 하고 있다는 것.

명절 때 제가 알아서 할게요

"등수는 제가 알아서 할게요."(학생)

"대학은 제가 알아서 갈게요."(고3)

"직장은 제가 알아서 구할게요."(취준생)

"낳을 때 되면 알아서 낳을게요."(신혼부부)

"시집·장가는 제가 알아서 갈게요."(미혼)

그러니 제발 묻지 좀 마세요.

좋아하는 사람 vs 좋은 사람

한때 정말 좋게 봤던 사람이
생각지도 못한 말과 행동을 할 때면
그에게 실망스러울 때가 있었다.
무관심한 사람에게는 기대가 없기에
실망도 하지 않지만, 좋아했던 사람은
기대가 컸기에 실망도 큰 법이더라.
하지만 한편으로 그것은 그의 잘못이
아니라 내 잘못이 아닐까.

사람은 실수할 수도 있는 건데,
너무 엄격한 기준을 그에게 대는 건
엄연히 내 잘못이지 않은가.

그리고 '좋은 사람'의 기준이
'나한테 잘해주는 사람'이라고 하면
너무 어린아이 같은 발상이 아닐까.

내가 '좋아하는 사람'이 꼭
'좋은 사람'인 건 아니더라.

내 마음이 그를 좋게 본 거지….

결국 내 마음이 누군가를
좋은 사람으로도 만들고,
나쁜 사람으로도 만든다.

힘 빠지는 사람

보고 있으면 자연스레 미소 짓게 되는 사람,
그냥 한숨부터 나오는 사람이 있다. 또
같이 있으면 힘이 나는 사람이 있고,
있던 힘도 빠지게 만드는 사람이 있다.

나이만 먹은 거 같아

한 해가
어느덧 다 끝나간다.
참 열심히 살았는데,
뭐 했는지 모르겠다.
무엇 하나 제대로 이룬 건 없고,
나이만 먹은 거 같다.

나이도
그냥 먹어지는 게 아니다.
'살아 있어야' 나이도 든다.
사람들에게 가장 힘든 게
뭐냐고 물으니 '사는 것'이란다.
한 해 동안 별일 없이 살아낸 게
이미 큰일을 치른 거다.

스쳐가고 바래져도 선명하게 이뤄지길

바람은 스쳐가도,

바람은 이뤄지길.

아픔은 바래져도,

행복은 선명하길.

행복이 너에게로 밀려온다

지금 이 순간

세상의 모든 행운과 행복,

좋은 일들은 파도처럼

다 너에게로 밀려온다.

열심히 살자

열심히 한다고 해서

반드시 잘되란 법은 없지만,

열심히 사는 사람이

결국은 잘되기 마련입니다.

잘하고 있는 거예요.

대견은 하지만 그만두고는 싶다

하루하루가 고문으로
느껴질 때가 있다.
'내가 왜 이 고생을 하고 있지'라는
생각에 다 놓고 싶을 때가 있다.
이런 생각이 들 때마다
결국 이 모든 걸 이겨왔던
나 자신이 정말 대견스럽다.

그래도 그만두고는 싶다.

당신에게 남은 시간

건강검진센터에서 건강검진을 받고 난 뒤, 결과가 나오는 날이었다. 결과지를 받으러 온 대상자들에게 청천벽력 같은 소식이 전해졌다.

"이런 상태면 6개월밖에 남지 않았습니다."

검진 대상자들은 충격적인 말에 눈앞이 캄캄해졌다.
의사는 책 한 권을 읽어보라고 건네며 방을 나갔다.
그들은 책장을 넘기기 시작했다. 그 책자의 첫 질문은 이랬다.

"당신은 시간을 어떻게 보내고 있나요?"

"퇴근 시간, 수면 시간, TV 시청 시간, 친구들과
보내는 시간, 그 모든 시간들을 당신의 인생에서
빼고 나면 당신에게 남은 [가족과 함께 할] 시간이
됩니다."

이는 예전에 감명 깊게 본 TV 광고였다.

눈앞에 닥친 문제가 너무 커 보일 때, 어떻게 반응할지 모르겠고,
무엇이 더 좋은 선택일지 고민된다면 간단한 해결책이 있다.

'오늘이 내 인생 마지막 날이라면'이라고 한 번 생각해보자.
실제로 건강한 성공을 이룬 사람들과 현인들은 모두 입 맞추어
지혜로운 선택을 내려야 할 때 '죽음'에 대해 생각하라고 했다.

'죽음'에 대한 생각은
사랑과 사람, 삶 앞에서는 더 뜨겁게,
문제와 현실 앞에서는 더 차갑게,
나를 더 행복하고 지혜롭게 해준다.

지나간 일에 대한 후회, 아직 오지
않은 일에 대한 불안은 내려놓자.

금 중에서 가장 귀한 금은 황금도
백금도 소금도 아닌, '지금'이다.

'지금 이 순간을 소중하게 여기자.'

내 이름 아시죠?

한 10대 남학생에게 연락이 왔다.
이 친구를 알게 된 건 3년이 넘었는데
통화를 할 때마다 그 친구가 내게 건넨
첫 마디는 이랬다.

"작가님,
혹시 저 기억하세요?
내 이름 아시죠?"

매번 같은 질문을 하는 그 아이에게 말했다.

"당연히 기억하지, 내가 널 잊을 리가 있니."

왜 매번 같은 질문을 하는지 궁금했다.

고민을 들어주는 과정에서 이유를 알게 됐다.

태어나서부터 보육원에서 생활했기에 그는

부모님의 사랑에 대한 그리움이 있었다.

내가 자기 이름을 기억하고 있단 걸

확인할 때마다 '나도 태어나길 잘했구나'

라는 생각을 했단다.

그저 이름을 기억한 것뿐인데,

사람이 사람의 이름을 기억해준다는 건

기억, 그 이상의 특별한 의미가 있다.

이름에 감동을 더하다

오후 4시쯤 되면 동성로에 있는 대부분의 음식점들이
브레이크 타임을 건다. 그런데 우리 매장에는 그 시간만
되면 '아기 엄마들'이 찾아온다. 많은 사람들이 식사
하는 시간대에 아기를 데리고 가면 아기 울음소리에 다른
손님들에게 민폐를 끼치게 되고, 눈치가 보이기 때문이다.

한 날도 아기를 데리고 온 아기 엄마가 있었다.
음식이 테이블에 나가고 그분이 한 숟가락 먹으려고 하면
아기가 울고, 또 한 숟가락 입에 넣으려 하면 아기가 울었다.
제대로 식사를 하지 못하는 모습을 지켜보면서 문득
그런 생각이 들었다.

'내 어머니도 나 키울 때 저렇게 힘드셨겠지.'

그 모습을 보며 내가 그분을 위해 뭘 해줄 수
있을지를 고민했다. 한 가지 아이디어가 번뜩
떠올랐다. 곧바로 웃으며 다가가 말을 건넸다.

"아기가 울어서 식사도 잘 못하시고 어떡해요?"

아기가 너무 예쁘다고 말하면서
아기의 이름을 묻고, 자연스럽게
엄마의 이름도 물어봤다.

카운터로 돌아와 종이와 펜을 들었다.
엄마의 이름 '지영' (가칭)으로 글을 썼다.

지 '지'치고 삶이 버거워 모든 걸 다 놓고
    싶다는 생각이 들 때면 이를 기억해요.

영 '영'원히 변하지 않은 사실이 있죠.
    당신은 누군가의 '엄마'이기 전에 그저
    지영이란 이유 하나만으로 특별합니다.

이 글을 종이에 적어 건네니
그분이 보고 깜짝 놀랐다.

"엄마들이 아기가 태어나면 자꾸 누군가의
엄마로 불리면서 자기 이름을 잊고 살 때가
많잖아요. (자기) 이름 잊지 말라고 드려요."

그분이 그 말을 듣고 다시 글을 읽더니
그 자리에서 눈물을 흘렸다.

한 사람의 일생은 하나의 작은 역사다.
이름 시처럼 짧은 2행시, 3행시가 아닌,
그 이름 안에 이야기를 넣어주고 싶었다.

살면서 가장 많이 불렸고, 불렀을 '이름'.
그 소중한 이름 안에 가치를 부여했다.
그게 '네임스토리'의 시작이었다.